Crónicas

W.i.t.c.h

Will Irma Taranee Cornelia Hay Lin

La isla del corazón partido

CÍRCULO de LECTORES

Título original: *Merefire*

Licencia editorial para Círculo de Lectores
por cortesía de Disney Enterprises, Inc.
Está prohibida la venta de este libro
a personas que no pertenezcan a Círculo.

Textos de Lene Kaaberbøl
Círculo de Lectores, S. A. (Sociedad Unipersonal)
Travessera de Gràcia, 47-49, 08021 Barcelona
www.circulo.es

40 12 9 8 7 6 5 4 3 2 1
ISBN: 84-672-0888-0
Nº. 06999
Depósito legal: LE. 1.461-2004
Printed in Spain - Impreso en España
Editorial Evergráficas, S. L.
Carretera León - La Coruña, km 5
LEÓN (España)

Voy a contarte un cuento...

... Un cuento tan antiguo como el tiempo. Una vez, hace muchos siglos, cuando el Universo era joven, Los Espíritus y las Criaturas vivían bajo el mismo cielo. Solo había un Mundo, solo un inmenso reino gobernado por la armonía de la Naturaleza. Pero el Mal entró en el Mundo Único y se instaló en los corazones y en las mentes de los Espíritus y de las Criaturas. El Mundo Único se hizo pedazos. El reino se dividió entre los que querían la paz y los que vivían para dominar a otros y causarles dolor. Para guardar y proteger lo bueno de los mundos se erigió en el centro del infinito la poderosa fortaleza de Kandrakar. En su interior, una Congregación de Espíritus poderosos y Criaturas se mantiene alerta. Al frente de ella está el Oráculo; su sabiduría es imprescindi-

ble; a veces, Kandrakar es lo único que impide que el Mal entre donde no debiera.

En los tiempos difíciles, Kandrakar encuentra a sus Guardianas en los lugares más inverosímiles. En Heatherfield, por ejemplo. Una ciudad como otras muchas, donde viven cinco chicas bastante normales. Irma, cuyo elemento es el Agua. Taranee, cuyo elemento es el Fuego. Cornelia, con el poder de la Tierra. Hay Lin, que posee la ligereza y la libertad del Aire. Y Will, la portadora del Corazón de Kandrakar, un poderoso amuleto en el que se funden todos los elementos de la Naturaleza para transformarse en energía, pura y fuerte.

Ellas son W.I.T.C.H., Will, Irma, Taranee, Cornelia y Hay Lin: las cinco Guardianas de Kandrakar. Y el Universo las necesita….

No digas nada malo

Jugaban los Halcones.

Era en lo único que podía pensar aquel viernes por la tarde.

—¿Taranee?

—¿Mmmm...?

—Ya estoy aquí.

—Oh, bien —era Will. Ya había vuelto de recoger la bolsa de deporte que se había olvidado. Bien. Esperaba que Seb Caine jugara, ya debía de haberse recuperado de su lesión...

—Ya puedes soltarla.

Miré a la bicicleta que estaba sujetando. Rojo fuerte. Decididamente no era mía. Resulta que era la bici de Will. Claro. Se la estaba guardando. Caine era un jugador muy *suave;* por su forma de moverse parecía que bailaba.

Will retiró mi mano del manillar con suavidad y me miró con una expresión extraña.

—Taranee, ¿estás bien?

—Claro; ¿por qué no iba a estarlo?

—Bueno..., es que estás como atontada. Y Hay Lin dice que hiciste mal una ecuación. Nunca habías suspendido matemáticas. Es como si..., como si estuvieras en trance o algo así, como si te hubieran hechizado.

Viniendo de Will, no se trataba de un comentario frívolo. Ella es la W de las W.I.T.C.H. Yo soy la T. Y lo somos de verdad. Guardianas, quiero decir. Guardianas de Kandrakar. Eso es lo más importante del mundo, por supuesto, y a veces es muy divertido, aunque otras veces es peligroso y desagradable. Pero en ese momento, tenía otras cosas en la cabeza.

—Hoy juegan los Halcones —dije.

—*Oh* —exclamó Will con un tono de comprensión absoluta. A estas alturas ella me conoce muy bien—. Entonces no estás enferma, ni en trance, ni loca. Sólo bajo la influencia del baloncesto. ¿Vas a ir?

Yo asentí encantada.

—Peter ha sacado entradas.

—Qué gusto de hermano —dijo en un tono ligeramente envidioso; ella es hija única.

—Mmmmm... El mejor.

Pero cuando llegué a casa, no había ningún hermano esperándome. Ni maravilloso ni de ninguna clase. Solo un parpadeo en el contestador automático.

—Oye, hermana. Siento no haber llegado aún. ¿Puedes llamarme, por favor? Ha ocurrido algo. No te preocupes. Lo del partido sigue en pie, pero llámame, ¿vale? Tengo el móvil encendido.

Sentí una ligera sensación de inquietud. *Ha pasado algo*. Seguro. Estaba dispuesta a apostar mis entradas para los Halcones a que ese *algo* era Suzanne, un metro ochenta y ocho con tacones y un aspecto que hace que la mayoría de las supermodelos parezcan solo monas. No me habría costado mucho odiarla si no fuera porque además era simpática. E inteligente. Vale, tal vez la odiaba a pesar de eso. Nadie debería tenerlo todo, y mi hermano tampoco.

Cogí el teléfono y marqué el número de Peter aporreando los números.

—¿Peter?

—Oh, hola, hermanita. Lo siento, pero estoy... Bueno, prometí a Suzanne llevarla a casa de su padre. ¿Te importa que nos encontremos fuera? Ve en autobús, yo te pago el billete cuando nos veamos, ¿vale?

—Bueno.

—Taranee, lo siento mucho.

Parecía sentirlo de verdad. Suspiré.

—Sí, vale. Pero no tardes, ¿me oyes?

—Claro que no. Te quiero, hermanita.

—Sí, bueno.

Y colgó.

Me puse mi chaqueta verde y amarilla de los Halcones, mi pañuelo verde y amarillo de los Halcones, mi gorra verde y amarilla de los Halcones y las botas con los cordones verdes y amarillos. Cogí el autobús 24 hacia el Nest, el estadio de los Halcones de Heatherfield. Y esperé. Y esperé. Y esperé.

No estaba nerviosa, al principio no. Peter suele llegar siempre por los pelos, pero no tarde. Sin embargo, esa noche parecía ser la excepción. La gente empezó a entrar en oleadas por las puertas, unos llevaban las gorras verdes y amarillas y otros las grises y azul cielo de los

Gigantes de Silver Bay. Tenían suerte. Tenían sus entradas. La mía la tenía Peter. Poco a poco, el aluvión de gente se convirtió en un hilillo. Solo quedábamos el portero, yo, y una constante llovizna otoñal. Desde fuera se oía el rugido apagado de la multitud y el estruendo de los altavoces al anunciar los nombres de los jugadores.

—¿Va a entrar, señorita?

Peter sin dar señales de vida.

—Tengo entrada —expliqué desesperada—, pero mi hermano llega tarde. ¿Cree que podría..., que podría? —tartamudeé. Me callé. Sentía las mejillas ardiendo. El portero me miró.

—¿Su hermano tiene las entradas? —repitió.

Yo asentí en silencio mirándome los pies, los cordones verdes y amarillos. Habría matado a Peter.

—Pero si me deja pasar, justo al otro lado de las puertas, no voy a ir a las gradas ni nada parecido, y cuando llegue él...

—Lo siento. No puedo hacerlo. Pero si aparece, les dejaré entrar en el descanso.

Cerró la puerta.

No podía hacer nada, excepto quedarme allí parada mojándome. Eso es lo malo de ser una W.I.T.C.H. de Fuego. Mi magia suele ser bastante espectacular. Ojalá fuera Irma. Ella habría cerrado los ojos y *formulado su deseo* con los dedos cruzados, entonces el portero la habría dejado entrar. Cornelia habría arrugado la cara un momento, la cerradura habría hecho *clic* y la puerta se habría abierto. Pero, ¿yo? Podría haber prendido fuego al estadio en unos segundos. Espectacular, como dije. Pero no muy útil.

Peter no se presentó en el descanso. Ni veinte minutos después. Mi chaqueta de los Halcones estaba empapada y se me pegaba a los hombros como si fuera papel de plástico transparente. Los cordones nuevos resultaron no ser a prueba de agua y estaban dejando manchas verdes y amarillas en la lona blanca de las botas. A intervalos regulares oía los gritos de alegría enloquecida dentro del estadio, cuando los acalorados y emocionados seguidores de los Halcones vitoreaban a Seb Caine en uno de los mejores partidos de su carrera. Mientras tanto, yo estaba fuera cogiendo un resfriado. Por fin me di por vencida y eché a andar hacia la parada del autobús, no lloraba, pero solo porque aguantaba las lágrimas parpadeando.

Un coche se detuvo justo delante de mí. Era el coche de Peter.

—¡Taranee! Cielos, hermanita, lo siento mucho, muchísimo.

Yo no contesté. Seguí andando.

—Se me estropeó el coche. No pude hacer nada...

A mí me pareció que el coche estaba bien. Reparación rápida, quizá. Era más probable que no hubiera sido capaz de separarse de Suzanne la Supermodelo.

Peter estaba delante de mí. Tenía que parar, o chocar contra él.

—¡Conseguiré entradas para la semana que viene, te lo prometo!

—Juegan fuera —murmuré.

—Iremos donde sea.

Sorbí por la nariz.

—¿Y si el coche se estropea... otra vez? Al parecer, no es de fiar. Como algunos que yo conozco.

—¡Te he dicho que lo siento!

—Pues vete a sentirlo a otra parte. No quiero hablar contigo —le empujé con el hombro y seguí hacia la parada del autobús.

—No seas tonta, Taranee. Estás empapada, ¡Métete en el coche!

—¿En esa ruina? No, gracias. Esperaré a un bonito autobús de fiar.

Sería fantástico que apareciera un 24 justo ahora.

Si me quedaba un poco más, probablemente vería las estúpidas lágrimas que no podía contener.

Sentí su mano en mi brazo, sujetándome.

—Taranee, son cosas que pasan, siento que tuviera que ser esta noche y sé que estás molesta, supongo que yo en tu lugar también lo estaría. Pero no es más que un partido. ¿Quieres dejar de portarte como un bebé y subir al coche? Nos estamos mojando los dos.

—¿Portarme como un bebé? —sentí que perdía los estribos—. ¿Portarme *yo* como un bebé? Bueno, yo al menos *soy* lo bastante mayor para llegar a tiempo a los sitios. Al menos *soy* lo bastante mayor para tener en cuenta los sentimientos de los demás, de vez en cuando. ¡Al menos *yo* no me quedo besuqueándome con la estúpida de Suzanne cuando le he prometido algo a mi *hermana!*

—Suzanne no tiene nada que ver...

—Oh, por favor. ¿Crees que soy idiota? Vete. Vete y déjame en paz. *¡No quiero volver a verte nunca más!*

Dejó de llover. Y por un instante sentí que el mundo se estremecía. Las palabras furiosas que pensaba decir a continuación desaparecieron en mi boca y miré a Peter horrorizada.

Las W.I.T.C.H. no deben decir esas cosas jamás. Sobre todo cuando están enfadadas.

Una vez Irma le dijo a Martin, un compañero del Instituto Sheffield, que desapareciera. Después de eso se volvió invisible durante un buen rato. La gente se sentaba encima de él y quería pasar a través de él. Lo que yo había dicho era mucho peor. ¿Por qué nadie me detuvo? *Sabíamos* que era peligroso desearle mal a nadie, yo misma le había dicho a Irma un millón de veces que tuviera cuidado. Pero ahí me teníais, diciéndole a mi propio hermano que no quería volver a verle nunca más.

Miré a Peter. ¿Iba a desaparecer? ¿Su silueta se estaba volviendo siquiera un poco borrosa? No, seguía estando ahí, tan sólido como siempre. Pero herido. Podía verlo en sus ojos.

—Sube al coche —dijo.

—Peter, yo no quería decir...

—Entonces no deberías haberlo dicho.

No. Él tenía razón, aunque no supiera *cuánta*. Avanzamos varias manzanas sin decir nada. Luego, Peter extendió el brazo y me dio un suave golpe en el hombro.

—Eh, señorita petardo —bromeó. Solía llamarme así cuando me enfadaba mucho—. No te pongas así. No es el fin del mundo.

—Peter, lo siento...

—Sí, bueno, yo también.

Después de eso el silencio se hizo menos agobiante, pero yo seguía sintiéndome terriblemente culpable e incómoda. No debí decir eso. Vete, le dije. Vete y déjame en paz. No quiero volver a verte nunca más.

Peter seguía allí. No había pasado nada. Entonces, ¿por qué no podía quitarme de encima la sensación de que cuando dije esas horribles palabras, alguien estaba *escuchando?*

Esa noche tuve un sueño. Yo giraba. Al principio daba vueltas lentamente y después más deprisa cada vez, como si estuviera dentro de un remolino inmenso e invisible. Me están aspirando, pensé. Corrientes invisibles tiraban de mí arrastrándome hacia el centro del remolino. Algo latente. Algo antiguo. Algo hambriento. Algo que llevaba siglos allí, escuchando y esperando. Me estremecí en sueños.

W.I.T.C.H.

—¿Qué tal estuvo el partido? —preguntó Will, aparcando su bicicleta delante del Silver Dragon, el restaurante de los padres de Hay Lin. Era sábado por la mañana y el sol brillaba en los charcos que se habían formado con la lluvia del día anterior.

—Bien —respondí entre dientes.

No tenía ganas de hablar de eso. Ni de pensar en ello. Todavía me sentía culpable. No había hablado con Peter esa mañana; la pesadilla había hecho que me levantara cansada y triste y, cuando por fin logré despegarme de las sábanas, él ya se había ido a hacer *windsurf*. Me lo imaginaba deslizándose entre las olas sobre su tabla, disfrutando del viento y de la velocidad. Decía que cuando hacía *surf* nunca tenía frío. Demasiado ocupado sintiéndose feliz, supongo.

¿Por qué no lo creí cuando dijo que se le había roto el coche? Nunca me mentía, no cuando se trataba de cosas importantes. Si le hubiera creído, no me habría puesto tan furiosa. Y si no hubiera estado tan furiosa, no habría dicho lo que dije.

—¿Bien? —Will parecía no creérselo—. ¿Eso es todo? ¿No hay detalles de todas y cada una de las hazañas de ese fantástico como-se-llama..., Seb Crema?

—Caine.

—Eso es. Normalmente estás horas contándomelo con pelos y señales. ¿Al final no jugó?

—Sí. Y muy bien —había visto un resumen de las jugadas más interesantes en el Morning Sport.

—¿Entonces?

—Entonces nada. ¿Es esa Cornelia?

Sí, era Cornelia que llegaba justo a tiempo de salvarme de más preguntas de Will. Y necesitaba que me salvaran. Will es como un perro con un hueso cuando se le mete algo en la cabeza.

—Mirad lo que he encontrado —anunció

Cornelia mostrándonos un libro muy grueso—. *Misterios de la magia,* de Samuel Goodwise. Tiene doce páginas sobre visualización.

Ese era nuestro plan para el fin de semana. Llevábamos poco tiempo siendo W.I.T.C.H., y aunque habíamos progresado mucho, queríamos saber qué más cosas éramos capaces de hacer. Nuestra magia no es exactamente como la que viene en los libros, pero descubrimos que podíamos sacar alguna idea consultando en la biblioteca. Habíamos buscado «visualización» en el diccionario, pero solo decía que era «predecir el futuro por medio de una bola de cristal», lo cual sonaba a truco barato de caseta de feria. Pero según Samuel Goodwise era «usar la vista para descubrir lo que oculta el tiempo, la distancia o las tretas de los hombres», así visto parecía algo bastante más útil que aprender.

Por eso, veinte minutos más tarde, yo corría el riesgo de quedarme bizca de forma permanente por mirar fijamente la llama de una vela. Las cinco —Will, Irma, yo, Cornelia y Hay Lin— estábamos en la habitación de Hay Lin, en el piso que había encima del Silver Dragon. Irma estaba mirando un molde de cocina negro lleno de agua. Cornelia observaba sin mucha convicción un montón de tierra para macetas y Hay Lin sacaba la cabeza por la ventana tratando de oír el viento. Will nos miraba a todas con el libro abierto sobre su regazo. Su magia es la más difícil de comprender porque tiene un poco de todo: Aire, Tierra, Agua y Fuego.

—Me parece que no funciona —confesó Cornelia pinchando su montón de tierra—, lo único que esto me dice es que sería ideal para plantar peonías.

—Pues lo único que *yo* veo es mi cara —añadió Irma—. Espejito, espejito mágico, ¿quién es la más mona de todas?

—Aquí dice que la visualización requiere habilidad, paciencia y concentración —recordó Will—, y que unas chicas presumidas de trece años buscándose espinillas rara vez tienen éxito.

—¡Te lo estás inventando! —protestó Irma quitándose la mano de la nariz.

—Sólo la última parte.

Un fino rizo de agua se elevó del recipiente de Irma, saltó por el aire y se lanzó de lleno a la cara de Will.

Will se agachó.

—Cuidado con el libro —advirtió entre

dientes—. La señorita Pear se va a enfadar —la señorita Pear era la bibliotecaria.

—Es verdad —suspiró Irma dejando que el agua se calmara—; pero ya he esperado pacientemente diez minutos y sigue sin funcionar. Creo que tu libro solo dice tonterías.

—Tal vez deberíamos ser más... específicas —comenté—. Es decir..., preguntar algo y concentrarnos en ello.

—¿En voz alta? —Hay Lin se bajó del alféizar de la ventana. Era un día claro y fresco de otoño y su cara parecía fría y rosácea por el viento.

—Tal vez sí. No lo sé.

—¿Qué tipo de pregunta? —quiso saber Will.

—Bueno, si voy a preguntarle algo al Fuego, será mejor que sea algo que el Fuego pueda saber.

—Mmmm... —se interesó Irma—. Voy a preguntarle al Agua qué aspecto tiene Matt cuando se va a nadar con sus amigos..., y apuesto a que Will también quiere echar un vistazo.

—¡Irma! ¡Habla en serio! —Will se había puesto como un tomate. Está loca por Matt.

Trata de disimular, pero se le nota muchísimo porque se pone roja, parpadea y choca contra las puertas cuando se lo encuentra en el pasillo.

Yo sabía lo que quería preguntar, pero no estaba segura de que el Fuego pudiera responder a mi pregunta. A pesar de ello, cerré los ojos y pensé en la noche anterior. Cuando le dije aquellas cosas horribles a Peter. ¿Quién o qué me había oído?... Si me habían oído.

Al principio no pasó nada. Estaba a punto de desistir cuando noté un... temblor en la llama, un movimiento. Era fuego, pero no era solo él, era algo más, algo malo, diferente y maquiavélico. Era como volver a estar en mi sueño, retorciéndome, girando, cayendo. Solo que esta vez oía una voz: *Ven. Ven a mí.*

Yo no quería. No quería nada de aquel horrible torbellino y no quería saber nada de aquella voz ansiosa y fría. Traté de liberarme, luche para regresar. Con un chasquido que sonó con fuerza dentro de mi cabeza, pero que probablemente no se oyera, el torbellino invisible me dejó marchar y la voz calló. Hacía sol, estaba en la habitación de Hay Lin y por la ventana entraba el aire frío.

—¿Alguien ha visto algo? —Will nos miró a todas.

—Yo he visto que Cornelia no recoge las toallas del suelo cuando se baña —respondió Irma sonriendo.

Cornelia lanzó un grito ahogado.

—¡Has estado espiándome!

La sonrisa de Irma se ensanchó.

—Eso ha sido una suposición acertada. En realidad he encontrado la sortija que perdió mi madre la semana pasada. Aunque cómo vamos a sacarla es otra historia, está atascada en el desagüe de la bañera.

—¿Alguien más?

Cornelia negó con la cabeza con gesto de enfado. Hay Lin se mordió el labio dudosa.

—No estoy segura —respondió—. No está muy claro.

—Vuelve a intentarlo —sugirió Will.

Me levanté bruscamente.

—Yo no —solté—. Inténtalo tú si quieres, yo ya he tenido bastante por hoy.

—Taranee —repuso Will mirándome fijamente—. ¿Te encuentras bien? Pareces... Bueno, tienes mala cara.

No me encontraba bien. Estaba mareada. Y

asustada. Y helada hasta los huesos. Y seguía sin saber exactamente por qué.

—Estoy bien —murmuré.

—Basta de trabajar —concluyó Irma con decisión rodeándome con un brazo—. Lo que esta chica necesita es un poco de té y unas cuantas risas. ¿Alguien se sabe un buen chiste?

Una gran taza de té caliente y las divertidas historias de Irma aflojaron el nudo frío de mi estómago. Más tarde, los padres de Hay Lin nos dejaron cenar en una de las mesas del restaurante, y el cerdo agridulce lo aflojó aún más. Pero justo cuando estaba cogiendo el último trozo de cerdo con los palillos y preguntándome si sería de mala educación pedir más, vi que mi padre entraba por la puerta del Silver Dragon. La expresión que tenía me hizo sentir mal y volver a tener frío.

—Taranee —dijo. Luego se detuvo.

Yo esperé como atontada, sin atreverme a preguntar.

—Peter... No ha vuelto con los demás. Probablemente nos llamará pronto desde..., desde otra parte de la playa, pero... Mamá y yo pensamos que es mejor que vuelvas a casa.

Buscando en el viento

Era espantoso. Me sentía tan mal que apenas podía pensar. Oí vagamente a mi madre hablar con lo que parecía una fila interminable de uniformes. Su voz era más dura que el acero y les apremiaba haciéndoles preguntas constantemente. ¿Habían hecho esto, habían hecho aquello, por qué no lo habían hecho y donde *estaba* él? Mi madre es juez. Está acostumbrada a vérselas frente a testigos torpes y su miedo por Peter la volvía totalmente despiadada. Algunas de sus víctimas parecían completamente angustiadas cuando salían de la sala. Tal vez mi madre debería haber sido una W.I.T.C.H., habría sido una Guardiana *implacable.*

En mis oídos resonaban aquellas cuatro

palabras como el eco de un gigantesco gong: perdido en el mar. Un verano, antes de que nos trasladáramos a Heatherfield, pasamos dos semanas en un pueblecito de la costa donde casi todos los hombres eran pescadores o marinos. Recuerdo que anduve por el patio de la iglesia, donde estaba el cementerio, y me pareció que casi todas las lápidas decían *Perdido en el mar.* Si cerraba los ojos un momento, podía ver aquellas viejas lápidas, solo que ahora, una de ellas llevaba escrito el nombre de Peter. Perdido en el mar.

Nadie nos lo había dicho, hasta ahora. La gente decía: «Es un buen nadador». «A lo mejor no ha encontrado un teléfono en el sitio al que ha llegado». «Los chicos a veces son tan desconsiderados». Imagino que con esto último querían decir que Peter podía estar tomándose una hamburguesa con un amigo en alguna parte, totalmente ajeno a lo tremendamente preocupados que estábamos por él. Oh, yo quería creerlo. Pero la horrible sensación en el estómago no se me pasaba.

Me moría de ganas de ayudar, de *hacer* algo, así tal vez desaparecería el espantoso frío en mi interior. Preparé un chocolate caliente, pero nadie se lo tomó, ni siquiera yo. Papá me dio las gracias y me abrazó, pero una hora después, volví a llevarme su taza a la cocina y tiré el oscuro y frío líquido por el fregadero, totalmente intacto. Después de eso no se me ocurría hacer nada, me sentía terriblemente desgraciada.

«Los guardacostas están buscando», decían. «Saben muy bien lo que hacen. Tienen un helicóptero». «No hay duda de que pronto lo encontrarán». Nadie decía «Ahogado». Nadie decía «Perdido». Y nadie decía «Todo ha sido culpa tuya».

Pero lo era. Yo sabía que lo era. Mi deseo cuando estaba enfadada se había hecho realidad.

Salí de la casa haciendo el menor ruido posible. Las chicas debían estar aún en casa de Hay Lin y necesitaba su ayuda. No era algo que pudiera hacer yo sola. Había dejado una nota a mis padres: «He ido a buscar a Peter». No podía explicarles por qué tenía que ir, y no creía que fueran a dejarme salir sin una buena excusa. Sinceramente, esperaba volver —con Peter— antes de que la vieran. No podía entrar en el restaurante y arriesgarme a que los padres de Hay Lin me vieran y llamaran a los míos, así que me quedé en la calle, mirando hacia la ventana de Hay Lin y pensando intensamente que quería que una de ellas me viera, Irma, Will o cualquier otra. Poco después, Will abrió la ventana y miró hacia abajo. Le hice señas para que bajara y ella asintió.

—¿Lo han encontrado? —preguntó Hay Lin saliendo por la puerta de atrás del Silver Dragon unos instantes después.

Yo negué con la cabeza. Allí estaban todas, se sentían incómodas. Supongo que yo también me habría sentido así si hubiera estado en su lugar. Nadie sabe qué hacer cuando sucede algo realmente espantoso. Por fin, Irma me rodeó con un brazo.

—Ha sido culpa mía —reconocí, con un débil hilo de voz que no parecía salir de mí.

—No seas tonta —repuso Cornelia—. ¿Cómo va a ser culpa tuya?

Se lo expliqué.

Parecían impresionadas.

—Yo estoy diciendo cosas horribles constantemente —añadió Irma—. No puedo evitarlo. Nadie que tenga un hermano puede evitarlo.

—Tal vez no sea por lo que tú dijiste —intervino Cornelia—. A lo mejor no es más que una coincidencia.

Yo negué con la cabeza.

—*Es* por lo que yo dije. Lo sé. Tenéis que ayudarme. Debemos ir a buscarlo. Tenemos que *encontrarlo.*

—No sé —dudó Cornelia—. Bueno, lo que quiero decir es que la visualización no está funcionando muy bien. Tal vez sea algo que no podemos hacer.

Will le lanzó una mirada fulminante.

—Claro que podemos. Y por supuesto que te ayudaremos. Irma, a ti te fue mejor que a nosotras. ¿Cómo lo hacemos?

Irma me abrazó con fuerza y apoyó la barbilla en mi hombro. Sentía su cálida mejilla contra la mía haciendo que el frío se hiciera menos intenso.

—Hummm —murmuró pensativa—. Creo que voy a necesitar un poco más de agua de la que había en el molde. En realidad, un montón de agua. ¡Y sé dónde encontrarla!

El jardín era enorme, casi como un parque. Y la valla que lo rodeaba era inmensa. Estaba claro que la habían puesto para mantener alejados a los extraños; sus puntiagudos barrotes negros señalaban al cielo como si fueran espadas.

—¿Tenemos que entrar ahí? —preguntó Hay Lin mirando la oscura jungla que había al otro lado de la valla, casi cubierta por la hiedra—. Es tan… espesa. Y probablemente esté infestada de bichos y de arañas y de…

—¿No podríamos utilizar la piscina de mi casa? —propuso Cornelia—. Está mucho más limpia.

—Tiene cloro —respondió Irma como si eso lo explicara todo—. Y esa pesadilla de hermana pequeña que tienes nos interrumpiría cada cinco minutos. Además, no sé de nadie que se haya dedicado a la visualización en el agua de una piscina comunitaria. Necesitamos un poco de ambientación. Venga, ayudadme a subir.

—He oído que una vez disparó contra un ladrón —advirtió Hay Lin.

—¿Quién? ¿El señor Buckingham? Es solo un rumor. Además, ahora está casi sordo. Y alguien se deshizo de los perros.

—¿Qué perros? —me sobresalté sintiendo que mi voz se volvía más débil.

—Tenía una pareja de Doberman. Pero ya os he dicho que ya no están. Vamos, atrevámonos ahora que somos jóvenes y monas.

Yo no quería hacerlo. No me gustaban las junglas infestadas de arañas y no tenía costumbre de meterme en los jardines de otras personas. Tampoco me gustaban demasiado los perros, sobre todo cuando eran grandes, negros y fieros. Además, no me hacía ninguna gracia pensar en el señor Buckingham y su escopeta. Pero quería que mi hermano regresara. Y si eso era lo que había que hacer...

Trepé la valla y la salté.

El estanque no desentonaba del resto del jardín, era un lago pequeño. En el centro había una islita llena de enormes y oscuros rododendros.

—El mejor sitio —susurró Irma señalándola.

—¿Por qué hablas tan bajo? —preguntó Cornelia a media voz—. ¿No habías dicho que estaba sordo?

—Lo está —respondió Irma sin levantar mucho la voz.

Cruzamos el pequeño puente japonés de piedra para llegar a la islita. El estanque estaba lleno de algas y hojas caídas, pero aquí, a la espesa sombra de los rododendros, el agua parecía negra y estaba quieta como un espejo. Comprendí lo que Irma quería decir cuando habló de ambientación. A ese lugar no le faltaba nada, en cualquier momento podía aparecer una bandada de murciélagos saliendo de una cueva escondida.

—Bien —dijo Irma mirando al agua—. Veamos lo que podemos hacer con esto.

Cerró los ojos un instante, concentrándose. El agua, a sus pies, empezó a girar haciendo formas extrañas, luego se quedó quieta de repente. Todas miramos la superficie. ¿Había un trozo de cielo, no el cielo gris que teníamos encima, sino uno azul lleno de gaviotas? Después la imagen se desvaneció como la de un televisor al apagarse y el agua volvió a ser negra y a estar quieta.

Todas miramos a Irma. Ella sacudió la cabeza.

—Él estaba en el agua, pero ahora ya no está. Ha ido más allá del agua.

No entendía lo que acababa de decirme Irma. ¿Quería decir que Peter estaba en tierra? Eso esperaba. ¿Pero dónde?

—Déjame probar a mí —intervino Hay Lin.

Levantó las manos.

De pronto, empezó a soplar un viento frío, un viento con olor a mar, y se formó una especie de bruma. Por un instante oí las olas y a las gaviotas.

—Estaba en el viento —dijo Hay Lin y vaciló—. Sé que suena espeluznante, pero también ha ido más allá del viento.

¿Más allá del *viento?* ¿Cómo puede ir alguien más allá del viento?

—Oh, basta ya —gruñó Cornelia—. ¿No os dais cuenta de que la estáis asustando con toda esa palabrería mística? Si no lo veis, ¿por qué no lo reconocéis tranquilamente? Ya os dije que no se nos daba muy bien la visualización.

—Por favor —les pedí, cayéndome lágrimas ardientes por las mejillas—, Cornelia, inténtalo. Tal vez esté..., esté bajo tierra, en una cueva o algo así, y por eso no pueden verlo ni el Agua ni el Aire.

Por un momento pareció..., no sé, obstinada, sí, pero también un poco asustada. Cuando se trata de probar algo nuevo y extraño, Cornelia suele ser escéptica y difícil de convencer.

Luego vio mis lágrimas y su expresión se suavizó.

—Claro —aceptó—. Lo intentaré. Es lo menos que puedo hacer.

Se arrodilló y puso la mano sobre la tierra oscura y arcillosa.

La pequeña isla *tembló.* Se estremecieron las hojas de los rododendros y una pareja de palomas levantó el vuelo y se alejó. Cornelia separó su mano del suelo y la tierra se quedó quieta.

La miré. Todas lo hicimos. Se quedó agachada, en silencio.

—¿Y bien? —pregunté.

Sacudió la cabeza con la mandíbula apretada.

El frío en el fondo de mi estómago se hizo más intenso.

—Vas a decirme que estaba en la tierra, pero que ha ido más allá —susurré al fin.

—Yo no digo esas cosas —murmuró entre dientes; pero era eso lo que quería decir y lo que había visto.

Me senté en el borde del puente. ¿Cómo

podía estar Peter más allá del Agua, más allá del Aire y más allá de la Tierra y seguir vivo?

—Taranee —dijo Will posando su mano en mi hombro, parecía un poco incómoda.

La miré, o traté de hacerlo. Los cristales de mis estúpidas gafas estaban empañados y lo veía todo borroso.

—Yo..., yo no sé si esto se me da bien, pero también intenté preguntar algo. Pregunté si Peter estaba más allá de la vida... y no creo que lo esté.

—¿Cómo puede estar vivo, y al mismo tiempo más allá..., más allá... —no pude acabar la frase.

—No lo sé —reconoció Will—. Pero si preguntamos todas juntas a la vez, tal vez descubramos por dónde empezar a buscar.

Entonces invocó al Corazón de Kandrakar.

Siempre está con ella, pero no es visible. Normalmente aparece como un cristal claro con forma de perla engarzado en metal plateado. Pero en ese momento, el cristal ya había empezado a emitir luz; un destello verde, un destello azul y después un destello rosa cálido, como un pequeño amanecer. Hay algo en ese cristal; no es solo el Corazón de Kandrakar, es el corazón de todas nosotras. Y al verlo, al sentirlo, me hace sentir… diferente. Siempre me ha encantado la historia del Ave Fénix, el pájaro dorado que sale del fuego y renace de sus propias cenizas. Así es como me hace sentir el Corazón de Kandrakar. Como si se me hubiera dado una nueva vida y un nuevo fuego. Sentía que la desesperación desaparecía de mí como escamas de ceniza.

Una a una, el Corazón de Kandrakar nos atrajo hacia él hasta que todas lo agarramos, cinco manos, una sobre otra.

—Pensad con fuerza, chicas —pidió Will—. Y haced esta pregunta: ¿Dónde ha ido Peter?

Cuando hacemos algo todas juntas es mucho más fuerte que cuando lo hacemos por separado.

Esta vez se *veía* la tierra moverse como un enorme animal tensando la piel de su espalda. El viento soplaba a nuestro alrededor agitando las hojas, la tierra y el agua del estanque. Era como estar en el ojo de un pequeño huracán. La piedra sobre la que yo estaba empezó a arder con un crujido y un chasquido. Y a nuestro alrededor, el agua se elevó como una inmensa pared verde oscuro. En el interior de la pared de agua empezó a formarse una imagen.

—El viento ha dado forma a este lugar —explicó Hay Lin.

—Y el agua —añadió Irma.

—Y la roca —intervino Cornelia.

Yo no dije nada. Una vez más había sentido ese indicio de fuego que no era…, no era verdadero fuego. No sabía qué pensar.

Ahora la imagen era clara, tan clara como si estuviéramos mirando la proyección de una película en una pantalla. Era una isla, no muy grande y casi toda de roca. Una roca con una forma extraña. De una base estrecha, tallada por los vientos y las olas, salían dos montículos con hendiduras irregulares en el centro, que hacían que la roca pareciera un corazón partido. Las gaviotas volaban en círculos impulsadas por la brisa. El sol había empezado a ponerse lentamente detrás de la roca.

—¿Alguien conoce ese lugar? —preguntó Will con voz ronca.

Hay Lin asintió.

—Está cerca de Pleasance. Ya sabéis, el centro turístico. Muy cerca de la costa. Lo recuerdo porque…, bueno, cuando lo has visto no lo olvidas fácilmente.

Will suspiró y abrió la mano donde tenía el Corazón de Kandrakar. El viento cesó; la tierra se detuvo; mi fuego desapareció; y el agua volvió a su estanque. Con mucho cuidado, Irma empujó suavemente a un pez dorado que se había quedado varado sobre el puente para devolverlo a su elemento.

—¿Sabes cómo se llama? —preguntó.

Hay Lin se encogió de hombros.

—Eso tampoco se olvida —dijo—. Se llama la Isla del Corazón Partido.

Justo en ese momento, todas vimos a un hombre con un raído traje al otro lado del puente. Llevaba una escopeta, pero no nos apuntaba con ella. Su boca desdentada estaba abierta formando una O. Cuando lo miramos, dejó caer la escopeta, se dio la vuelta y echó a correr en dirección a la casa tan rápido como le permitían sus viejas piernas.

La Isla del Corazón Partido

Todas pusimos algo de dinero y alquilamos un bote. No era mucho más que un bote de remos, pero con la W.I.T.C.H. del Aire y la W.I.T.C.H. del Agua a bordo no importaba demasiado. En el momento en que nos alejamos de la costa y comprobamos que nadie nos veía, quitamos los remos, izamos la vela y dejamos que Irma y Hay Lin hicieran el trabajo duro. Inmediatamente, la vela de nailon se infló con el viento necesario y las olas nos llevaban a voluntad de Irma. Era como ir en un velero ultramoderno.

Sobre nuestras cabezas seguía habiendo unas nubes densas y oscuras que daban un color casi negro al mar, pero el sol poniente se hundía despacio en el horizonte, debajo de ellas, y todo, nubes, agua, el bote y nosotras, se cubría con un misterioso resplandor rojizo, como si algo estuviera ardiendo cerca. Hacía frío y yo tiritaba pensando que debería haber sido previsora y haber llevado un jersey.

—Ahí está —señaló Hay Lin emocionada.

Y ahí estaba. La Isla del Corazón Partido. Una silueta negra contra la puesta del sol, un montículo nudoso que se hacía mayor a medida que nos acercábamos, hasta alzarse sobre nosotras como una montaña solitaria.

—Parece... fuera de lugar —dije vacilante—. Como si no debiera estar aquí.

—Hace trescientos años no estaba —explicó Hay Lin—. Un día, hace dos siglos, la embarcación de un pescador estuvo a punto de chocar contra una isla que había aparecido repentinamente. Los científicos dicen que pudo surgir por la actividad volcánica, pero la gente de Pleasance sigue teniendo un montón de teorías supersticiosas sobre este lugar.

—¿Hay una playa en alguna parte? —preguntó Irma observando las olas que rompían contra las rocas formando una espuma blanca.

—Si no la hay, Cornelia podría hacernos una —propuso Hay Lin.

Cornelia no respondió. Estaba agarrada a la borda con los nudillos blancos. No le gustaba mucho el agua.

—Vamos a dar una vuelta a la isla —sugerí— y veremos.

Mis ojos recorrían las rocas, buscando. ¿Habría algo, alguna señal de que Peter estaba aquí o había estado allí? ¿Y si estábamos perdiendo el tiempo? ¿Y si nos estábamos engañando? Lo único que teníamos era la imagen que habíamos visto en el agua del estanque. Quizá Cornelia estaba en lo cierto. Tal vez no se nos daba muy bien la visualización.

—*Hay* una playa —señaló Hay Lin—. ¿Es ahí a donde queremos ir?

Era una playa muy pequeña, tan solo una media luna de arena pálida protegida por dos largos espolones de roca que la rodeaban como si fueran dos brazos. Y sobre la arena había algo..., algo...

—Vamos —dije—. Me parece que veo algo...

Irma calmó las olas y Hay Lin cambió la dirección del viento para que llevara el bote entre las rocas. De repente, Cornelia lanzó un grito.

—¡Un escollo! —gritó—. ¡Cuidado!

¿Dónde? Yo no veía nada.

—¿Dónde? —preguntó Hay Lin mirando a su alrededor confundida.

—¡Justo debajo! Levanta el bote, Irma, ¡levanta el bote!

De repente, yo también lo vi. Era algo oscuro y afilado que estaba en el agua, debajo de nosotras, parecían colmillos esperando para destrozarnos. Irma empezó a hacer gestos frenéticamente y el bote se elevó como un corcho a lomos de una ola enorme que surgió de repente. Se oyó un chirrido cuando el escollo arañó el casco y luego nos lanzamos a toda velocidad por la estrecha abertura, deprisa, demasiado deprisa, íbamos a estrellarnos en aquella playa..., el bote se movió, se elevó y cayó de lado. Salimos disparadas. Creo que oí gritar a Cornelia, luego yo misma empecé a gritar y a chapotear, dando vueltas, tosiendo y escupiendo el agua que había tragado. «No quiero ahogarme», pensé, y después me di cuenta de que no iba a hacerlo. No iba a ahogarme en treinta centímetros de agua...

Me puse de rodillas y luego de pie, me coloqué las gafas, que estuvieron a punto de caérseme al salir disparada. Las demás ya estaban también de pie, impresionadas pero sanas y salvas. Hasta el bote estaba bien, salvo un par de arañazos en el casco de fibra de vidrio, como si le hubiera arañado un gato muy grande.

Empecé a andar por la playa en dirección a la forma que había visto mitad dentro y mitad fuera del agua. Tenía un brillo blanquecino en la penumbra, con rayas azules y amarillas a lo largo. Era la tabla de Peter. O mejor dicho, un trozo desgarrado y roto de su tabla.

Odiaba aquella isla. Cada centímetro de su superficie rocosa, viscosa y cubierta de excrementos de pájaros. Mientras se ponía el sol e iba oscureciendo estuvimos buscando. Recorrimos la isla entera, sorteando rocas y charcos formados por la marea, subiendo por terrenos resbaladizos, tan cubiertos de algas que era casi imposible poner un pie con firmeza o tratar de agarrarse. Llamamos a Peter una y otra vez hasta quedarnos afónicas. Al final regresamos a la playa, mojadas, con frío, agotadas y sin haber encontrado absolutamente nada.

—Está demasiado oscuro —advirtió Hay Lin—. Podríamos pasar junto a él sin verlo. Y con todos los riscos y las grietas que hay por aquí, podríamos acabar torciéndonos un tobillo. O algo peor.

Le temblaba la voz de frío. Desde donde yo estaba sentada, acurrucada en el bote volcado, oía cómo le castañeteaban los dientes.

—Vamos a encender un fuego —propuse—. No tenemos por qué helarnos.

No había mucho con qué hacer fuego. En esta isla no había árboles, solo rocas y algas. Pero yo sabía cómo hacerlo. Fuimos a buscar algas y piedras, las amontonamos e invoqué al Fuego para que ardieran. Seguiríamos estando cansadas, hambrientas y tristes, pero al menos no tendríamos frío.

Cornelia llevaba una tableta de chocolate en el bolsillo de su cazadora lila. Estaba un poco aplastada y mojada, por supuesto, y solo había un trocito para cada una, pero incluso su sabor ligeramente salado era mucho mejor que nada.

—Gracias —dije.

Ella asintió. Se sentó en una roca con las piernas ladeadas, como una sirena. No sé cómo lo hace. Las demás estábamos despeinadas y horribles, pero ella conseguía que su pelo al viento pareciera *tener que estar* justo así, como si algún estilista acabara de colocarle cada mechón de pelo rubio para una sesión de fotos. Creo que a eso se le llama tener estilo. Me encantaría tenerlo yo también.

Me quedé mirando al fuego. En realidad no trataba de ver nada en él, lo miraba porque no había otra cosa que hacer y me consolaba un poco. La desesperación había vuelto. La tabla de Peter estaba aquí, pero Peter no. ¿Adónde podía haber ido si no era de nuevo al mar? Irma había asegurado que no estaba en el Agua. Y Will dijo que no estaba más allá de la vida. Me aferré a eso. No había mucho más a lo que aferrarse.

Estaba muy cansada. Cansada de intentar no ahogarme y de escalar todas aquellas estúpidas, horribles y resbaladizas rocas. Pero estaba más cansada aún de sentir tanto miedo, tanta esperanza y tanta tristeza a la vez. Me senté en la arena, con la espalda apoyada en el casco del bote, que ahora estaba caliente gracias al fuego.

Eché la cabeza hacia atrás y la apoyé contra la áspera fibra de vidrio. Sin querer, me quedé dormida.

—¡Taranee! —era Hay Lin gritándome—. ¡Despierta! ¡Mira!

Hice lo posible por despertar de un sueño lleno de algas podridas y de lápidas que decían *Perdido en el mar.* El hedor de las algas era muy real, cuando me dormí, el fuego debió de apagarse y las algas que usamos como combustible, ya humeantes, apestaban.

¿Mirar qué? Se me habían escurrido las gafas y las coloqué de nuevo en su sitio. Entonces lo vi.

Era un resplandor verdoso, inquietante y casi fosforescente, como esas calaveras que relucen en la oscuridad y que se compran en Halloween. Podíamos verlo porque el fuego se había apagado y la noche era muy oscura. Y parecía venir de *dentro* de la isla.

—¿Qué es *eso?* —pregunté.

—Es como si alguien se hubiera olvidado de cerrar la nevera —comentó Irma—. Pero una nevera *enorme.*

A veces parece que Irma no se toma nada en serio. Pero en cierto modo, tenía razón. Era como entrar en una cocina oscura y ver luz que se filtra a través de la puerta de una nevera mal cerrada. Pero no tenía un borde regular, sino que era una grieta dentada de diez metros de largo.

—La luz de nuestra nevera no es *verde* —observó Hay Lin.

—Pues esta luz sí —dijo Will—. Y creo que deberíamos averiguar de dónde viene.

Empezó a trepar por la pendiente de piedra que había sobre la playa hacia el lugar donde empezaba la larga grieta.

—Esto no me gusta —se quejó Irma, por una vez seria y un tanto apagada—. Hay algo extraño en ese resplandor.

Pero Will ya estaba a mitad de camino y yo tenía la sensación de que aquella luz guardaba alguna relación con Peter. Así que la seguí. Hay Lin trepó a mi lado por la pared de roca, sin ningún esfuerzo, como si no pesara nada. Esa es la ventaja de ser la W.I.T.C.H. del Aire. Ni músculos doloridos ni uñas rotas, a diferencia del resto de los mortales.

—Es muy profunda —informó Will desde lo alto—. Creo que debe de ser la entrada a una especie de cueva.

Intenté trepar más rápidamente, sintiéndome tensa y emocionada al mismo tiempo. Tal vez Peter *estuviera* bajo tierra, como pensé al principio. «Oh, por favor, por favor, que esté bien», deseé. Traté de no pensar en tobillos torcidos ni, peor aún, en columnas vertebrales o cabezas rotas. Quizá la cueva era tan profunda que sencillamente no nos había oído.

La cara de Will, iluminada desde abajo por la luz verde, parecía la de una gárgola.

—Tenemos que encontrar un modo de bajar —dijo—. Y lo ideal sería que no nos rompiéramos nada. La pared es bastante vertical y no veo el fondo.

—Podríamos atarnos unas a otras —sugirió Hay Lin—. Podría pedirle al Aire que nos mantuviera flotando.

—¿Puedes hacer eso? —pregunté—. ¿Con las cuatro?

—Creo que sí. O podríamos ir de dos en dos, sería más seguro.

—No tenemos ninguna cuerda —objetó Will.

Hay Lin sonrió.

—Tal vez no. Pero yo llevo unos cuantos cordones...

Era verdad. A Hay Lin le entusiasman. Se ponga lo que se ponga, siempre lleva tres o cuatro cordones o cintas de colores brillantes.

—Es mejor que lo haga yo —se ofreció Cornelia levantando las manos.

Cuando la tierra empezó a soltarse se oyó un ruido sordo y el repiqueteo de piedras que caían.

—¡Ten cuidado! —grité—. ¡Peter puede estar ahí abajo!

Cornelia se detuvo inmediatamente.

—Lo siento —se disculpó—. No lo había pensado.

Se asomó a la grieta.

—Todavía no he terminado, pero creo que podremos usarla si tenemos cuidado.

El polvo, espeso como el humo, formaba remolinos en el resplandor verde. Pasó un poco de tiempo antes de que se agrietara lo suficiente para poder ver lo que había hecho Cornelia.

Probablemente quería hacer una escalera antes de que yo la interrumpiera, pero lo que había era una hilera de protuberancias de roca, como las puntas de la espalda de un dragón. Y tenía razón. Podían utilizarse con cuidado.

—Bien —dijo Will—. Creo que no hay ninguna razón para esperar. Vamos.

Empezamos a bajar lentamente.

Había un extraño olor a piedra y tierra. También se notaba calor. No sé si éste se debía a lo que había hecho Cornelia o a lo que producía el resplandor verde. Parecía rodearnos, encerrarnos, como las rocas que nos presionaban desde todos lados.

—Me siento como el relleno de un bocadillo —protestó Irma entre dientes, justo detrás de mí—. ¡Un bocadillo con un pan durísimo!

Verdaderamente no había mucho espacio. En algunos sitios, la estrecha grieta caía casi en vertical; me dolían los dedos de agarrarme a las piedras de la escalera de Cornelia. En otras zonas se nivelaba, pero se hacía más estrecha y teníamos que avanzar a gatas; en una de las peores incluso tuvimos que arrastrarnos.

—¿Queda mucho? —pregunté a Will, que iba delante de mí.

—No lo veo —contestó.

Me sentía como si hubiera estado media noche arrastrándome, resbalando y buscando dónde agarrarme en aquella misteriosa semioscuridad verde. ¿Era posible que estas grietas llegaran bajo el nivel del mar sin inundarse? No lo sabía. Y, además, el nivel del mar dependía de la marea.

Ojalá no hubiera pensado en eso. ¿Qué ocurriría si de repente la grieta se inundara de agua? ¿Podríamos escapar?

«No vas a ahogarte», me dije severamente. «Tienes a la W.I.T.C.H. del Agua justo detrás de ti. Y no, el túnel no está estrechándose a tu alrededor; y sí, hay aire suficiente para respirar aunque huela raro. ¡Contrólate!»

De repente, choqué contra Will. Se había parado en seco delante de mí.

—Mira —susurró—. Creo que ya estamos.

Me acerque a ella a gatas para ver a qué se refería. Un poco más adelante, el túnel se ensanchaba y había escalones tallados en la piedra, que no se parecían en nada a las puntas de dragón de Cornelia.

Nos asomamos con cuidado. Me di cuenta de que Will apretaba en una mano el Corazón de Kandrakar. No sabía si lo hacía buscando ánimos o para estar preparada si nos atacaban.

Los escalones terminaban en una amplia caverna, mitad excavada y mitad formada de manera natural. Y aunque no había nadie, no parecía vacía. Allí había algo que no respiraba ni se movía como nosotras, pero que, a pesar de ello, estaba vivo. En un pilón de piedra extrañamente tallado, algo se arremolinaba y titilaba, resplandeciendo con una luz intensa y fosforescente. Era un remolino, como en mi sueño. Un torbellino. Fuera lo que fuese, no era algo tan simple como el agua. Lo miré y sentí que me mareaba.

El suelo de la caverna estaba cubierto de arena fina. Y en la arena, alguien había garabateado un mensaje.

«Entra, pequeña W.I.T.C.H., si te atreves.»

Cuidadosamente colocado junto al mensaje estaba el reloj de Peter.

Que entre quien se atreva

Me agaché en el suelo arenoso y cogí con cuidado el reloj de Peter. Era bastante nuevo, un regalo de cumpleaños de papá y mamá, con todos los adelantos electrónicos que tanto le gustaban.

—¿Es de Peter? —preguntó Will.

Asentí sin poder hablar.

—Entonces alguien le cogió —añadió—. No sé cómo le metió por *esa* cosa; pero pretende que tú vayas tras él.

Miramos el torbellino verde, arremolinándose como el agua, lamiendo como las llamas.

—Irma... —dije. Pero ella sacudió la cabeza estremeciéndose.

—No pienso tocarlo —advirtió—. No me quiere a mí. No me escucha. No es agua.

Me arrodillé al borde del remolino y metí un dedo con cuidado. Lo saqué rápidamente dando un grito.

—Tampoco es fuego —aseguré—. Me ha quemado. El fuego no lo haría.

Will lo miró detenidamente, con los ojos de alguien que conoce todos los elementos.

—Es... ambos y ninguno —dijo—. Aguafuego. Agua y Fuego combinados.

Nos miramos. El agua y el fuego no se mezclan. Nunca. No pueden.

Pero al parecer lo habían hecho.

—¿Y cómo se supone que tiene que pasar por ahí una W.I.T.C.H.? —susurró Irma.

Negué con la cabeza. No lo sabía. Pero teníamos que hacerlo.

Y quien escribió aquel mensaje creía que *había* un modo, si éramos lo bastante valientes para ello.

—Vamos a preguntar al Corazón de Kandrakar —propuso Will en voz baja haciéndolo aparecer en su mano. En aquella caverna, bajo el resplandor verde del torbellino, la luz del Corazón de Kandrakar era tan pura y tan limpia como el rocío de una mañana primaveral. Lo agarramos entre todas dejando que su suave brillo blanco nos invadiera.

—Corazón de Kandrakar —pidió Will en voz muy baja, como si estuviera rezando—. Muéstranos el camino.

He dicho que el Agua y el Fuego nunca se mezclan, y no lo hacen. Pero en el Corazón de Kandrakar se encuentran porque el Corazón de Kandrakar nos contiene a todas y en él caben todos nuestros opuestos. Irma y yo somos muy distintas. Totalmente distintas, por lo general. Pero cuando sujetamos el Corazón de Kandrakar, estamos más unidas que si fuéramos hermanas.

Es como si te atravesara una ola de calor, solo que no es caliente. Es casi como un dolor, pero te hace tan feliz que querrías llorar. Parece no acabar nunca, pero, cuando termina, lamentas que acabara tan rápidamente.

Cerré los ojos y supe lo que iba a ver, las demás también lo vieron. Una inmensa sala con columnas, tan grande que sus paredes parecían perderse en el infinito. Una luz, como la del Corazón de Kandrakar. Y en el centro, una presencia, amable, fuerte, intemporal y compasiva.

Bienvenidas, Guardianas.

Era la voz del Oráculo. No puedo explicar cómo ni por qué, pero sabía que aunque seguíamos estando de pie sobre el suelo arenoso de la caverna de roca en el interior de la Isla del Corazón Partido, estábamos también en la Fortaleza de Kandrakar, en presencia del Oráculo. Y aunque yo hablé de las palabras que había dicho enfadada y de la desaparición de Peter, tenía la sensación de que en realidad no hacía falta decir nada; el Oráculo ya lo sabía.

—Fue culpa mía —reconocí con tristeza—. No debí decirlo.

Un deseo es una fuerza poderosa, para bien o para mal. Especialmente, el deseo de una Guardiana.

Bajé la cabeza sintiéndome terriblemente culpable, pero el Oráculo sonrió. Entonces mi culpa se hizo menos pesada y la fría tristeza que sentía dentro se caldeó.

Sé valiente. Tus palabras fueron imprudentes, pero no había maldad en ellas. ¿O acaso querías hacer daño a tu hermano?

—¡No!

Bien. Faltas mucho más graves quedan impunes cada día. Tu error te ha traído hasta aquí, a este desafío, y debes creer que hay una razón para ello. Sin errores, no habría aprendizaje ni crecimiento. De tu pequeño tropiezo vendrá un bien mucho mayor, un antiguo error será reparado.

—Pero el torbellino... Estamos atrapadas. No sabemos cómo cruzarlo. No sabemos lo que es.

Sentí algo parecido a un suspiro. Después, el Oráculo volvió a hablar.

Escuchad. Voy a contaros una historia. Hace mucho tiempo hubo una joven, no mucho mayor que vosotras. Tenía un toque mágico, y lo usaba de vez en cuando para dominar a hombres y mujeres a su antojo. Hasta que un día vio a un hombre y quiso que la amara; pero él amaba a otra joven. Nuestra pequeña hechicera trató de hacer desaparecer a su rival. Casi lo consiguió, no por sus propios medios, sino porque a su llamada acudieron espíritus hambrientos y malvados del más allá. Mientras ella los traía ellos se la llevaban, hasta que dejó de estar en su mundo, sin llegar a estar en el de ellos. Las Guardianas de aquel tiempo derrotaron al mal que había invocado, pero en medio de la confusión, la joven hechicera encontró una terrible vía de escape. Atrapada entre dos mundos, su magia liberó otra mucho más poderosa. Ella desapareció, girando en un torbellino de magia no natural que la succionó y la llevó hacia abajo, hasta quedar fuera del alcance de las Guardianas en unos segundos.

Sin querer, los ojos se me abrieron como platos y miré al torbellino.

—¿Esto? ¿Esto es el torbellino?

Sí. Las Guardianas no se atrevieron a acercarse a aquel caos. Sin embargo, crearon esta isla para esconderlo y que no se tragara a nadie.

—¿Y qué le ocurrió a la hechicera?

No lo sé.

Esto nos sorprendió a todas. Estábamos convencidas de que el Oráculo lo sabía todo.

—¿Cómo..., cómo es posible?

El Oráculo levantó las manos. Entre ellas giraba un aro retorcido, casi con forma de ocho.

¿Sabéis qué es esto?

Bueno, si me llaman el genio de las matemáticas es por algo...

—Es una tira de Moebius. Una especie de... infinito bidimensional.

¿Y ahora?

La forma cambió ligeramente. De repente era un ocho. Dos círculos conectados, uno mucho más pequeño que el otro.

—No es nada. Es solamente un ocho.

¿Qué le ha pasado al infinito?

—No..., no comprendo.

La hechicera encontró un modo de retorcer la naturaleza. La retorció tan violentamente que distorsionó un poco de tiempo y de espacio en una curva separada y diminuta. Como este pequeño círculo. Veo el círculo grande del infinito, pero no puedo llegar a su pequeño círculo distorsionado. Sin embargo, creo que vosotras sí podéis, porque ella quiere que lo hagáis. ¿No habéis oído su llamada?

Recordé la voz, aquella voz fría y ansiosa que decía *Ven...* Me estremecí.

—¿Eso significa que va a dejar que esa cosa... nos trague? —fue Irma quien lo preguntó, y parecía asqueada.

Creo que haréis lo que debáis. Confiad en vuestro corazón.

La sala de las columnas desapareció. La presencia del Oráculo se desvaneció.

Nos miramos las unas a las otras, horrorizadas.

—Está tan frío que quema... —susurré.

—Es horrible —comentó Cornelia—. Antinatural.

¿Cómo lo había atravesado Peter? Porque debió de hacerlo. No podía haber ido a ninguna parte. Y esto era una respuesta clara a cómo podía irse más allá del agua, más allá de la tierra y más allá del aire sin ir más allá de la vida. Al menos eso esperaba.

—Tal vez el Corazón de Kandrakar nos proteja —dijo Will en voz muy baja.

—Yo..., podría ir yo sola —propuse—. Peter es mi hermano.

—Nada de eso —negó Irma con firmeza—. Esa cosa quiere a una W.I.T.C.H. Pues bien, vamos a darle un poco más de lo que espera. En vez de una, cinco.

Se estiró perezosamente y pareció hacerse un poco más alta. Luego empezó a transformarse. Will hizo lo mismo al instante y las demás las seguimos. Poco después, en aquella caverna, dejaron de estar cinco chicas cansadas y desaliñadas con sudaderas, vaqueros y zapatillas de deporte. Como suele decir Irma, cuando somos Guardianas, somos algo más. No es solo por las alas, o la ropa, aunque las dos cosas son geniales. Tendrías que vernos para creerlo. Cornelia, por supuesto, está magnífica, como siempre. Lo más extraño de todo es que las demás también lo estamos. No somos iguales en absoluto. Hay Lin es totalmente Hay Lin. Will es aún más Will, y así todas. Creo que yo también estoy perfecta como W.I.T.C.H. También me siento completamente distinta, es la sensación de ser como una hermosa pantera capaz de hacer cualquier cosa. A eso me refiero cuando digo que ser una Guardiana de Kandrakar es *divertido.* A veces es tan divertido que te olvidas de que tienes que salvar al mundo.

Solo que esta vez no habíamos venido a salvar al mundo, sino a mi hermano Peter. Y no iba a olvidarlo.

—Si vamos a hacerlo —dije—. Hagámoslo ya.

Nos subimos al borde del pilón. Si nos agarrábamos de las manos, lo rodeábamos completamente. Irma miró el agua verde, parecía hostil.

—Normalmente prefiero bañarme en agua más caliente. Oh, bueno.

—Corazón de Kandrakar, protégenos —pidió Will cerrando los ojos.

Y saltamos.

No quiero volver a hacerlo. En mi vida. Sentí un frío tan intenso que abrasaba. Una presión tan fuerte que no podía respirar. La mano de Hay Lin se soltó de la mía al momento; durante unos segundos de desesperación estuve agarrada a Will, pero después a ella también la separaron. Empecé a dar vueltas y a girar a través de la nada, ciega, sorda y sola, aquello no acababa nunca. No duró más que unos cuantos latidos de mi corazón, pero parecía interminable. Eterno. Por fin acabó. Tuve la breve sensación de estar cayendo en un..., ¿en un *techo?* Luego, algo me golpeó en varios sitios a la vez y, por unos instantes, todo se volvió oscuro y permaneció quieto. Tardé un poco en poder mirar hacia arriba.

—¿Qué ha pasado? —preguntó Hay Lin aturdida—. ¿Ha habido..., ha habido un terremoto o algo así?

Todo había sido un sueño. No habíamos saltado. Estábamos donde empezamos. O, al menos, eso me pareció cuando por fin me senté, escupí un montón de arena y miré a mi alrededor.

Vimos una caverna subterránea. Un pilón de piedra tallada. Un suelo arenoso. E iluminándolo todo, el resplandor verde del torbellino.

Irma estaba casi de pie y miraba a su alrededor con la misma expresión aturdida que, probablemente, también tenía yo.

—Estábamos..., acabábamos... —miró al pilón y al charco verde.

Will parecía estar helada. Le toqué la cara preocupada. Su piel estaba fría y húmeda.

—¿Se encuentra bien? —preguntó Hay Lin.

—No lo sé.

—¿Dónde estamos? —quise saber—. ¿Nos hemos... movido?

—Claro que sí —aseguró Cornelia con un tono que sugería que cualquiera podía verlo—. Las escaleras están del otro lado de la caverna.

Tenía razón.

Ahora que lo veía, era evidente. Y además, el torbellino del pilón giraba en sentido contrario a las agujas del reloj, en vez de hacerlo en el mismo sentido, como antes. Esa nueva caverna no era exactamente como la que acabábamos de dejar atrás. Era su imagen reflejada en un espejo.

Will empezó a despertar. Irma la ayudó a sentarse.

—Estamos aquí —le informó—. Dondequiera que sea *aquí*.

—¡Oh! —exclamó Will débilmente—. Se parece mucho a..., a donde estábamos antes.

Luego se quedó absolutamente quieta. Hizo una especie de ruido ahogado.

—¿Will? ¿Qué ocurre?

No contestó. Hay Lin señaló al Corazón de Kandrakar, que había caído de la mano temblorosa de Will a la arena.

—¡Mirad!

El Corazón de Kandrakar había dejado de ser una perfecta esfera de luz clara y palpitante. En el centro, había aparecido un rizo opaco y verdoso como una grieta en un plato de porcelana.

—Mirad —repitió Hay Lin—. El Corazón de Kandrakar se ha roto.

Todas nos quedamos mirándolo, anonadadas, excepto Will, que seguía sentada en la arena, tiritando. ¿Cómo podía haberse roto? Era el Corazón de Kandrakar, no una bisutería barata.

—Solo es una grieta —aclaró Irma esperanzada—. En realidad, no se ha roto *de verdad*.

—¿En realidad, no se ha roto *de verdad?*

—la imitó Cornelia—. Bien, gracias por su brillante análisis, señorita Lair.

—Oh, cállate, Cornelia —gruñó Irma—. Solo porque tú siempre sepas…

—Callaos las dos —ordené—. A Will le ocurre algo.

En aquel espantoso resplandor verde que hacía que todas pareciéramos enfermas no era fácil saber con certeza si le pasaba algo; pero me pareció que estaba muy pálida. Color ceniza. Y temblaba como una hoja.

—¿Will? —le toqué la frente con suavidad. Estaba sudorosa.

Abrió los ojos y volvió a cerrarlos rápidamente.

—Mareada —murmuró—. Taranee, *me duele.*

—¿Dónde? —pregunté.

—Todo el cuerpo —respondió estremeciéndose—. Dentro.

—¿Puedes ponerte de pie?

—Creo que sí.

Su voz sonaba entrecortada, respiraba entre jadeos temblorosos. Cornelia y yo la ayudamos a sentarse apoyada contra el borde del pilón del torbellino. Hay Lin recogió el Corazón de Kandrakar y lo puso en las temblorosas manos de Will. Ella se quedó mirándolo con los ojos llenos de lágrimas.

—Yo tenía que *cuidar* de él —gimió. Parecía destrozada.

—No ha sido culpa tuya —la tranquilicé, acariciando su brazo—. Y no está...

Me detuve pensando en el «En realidad no está roto *de verdad*» de Irma.

—No se ha hecho añicos, ni nada parecido. Tal vez podamos arreglarlo.

—Seguro que sí —apostilló Cornelia en voz muy baja—, no tenemos más que ir a la joyería más cercana...

Le lancé una mirada fulminante.

—¿Y tú qué sabes, Cornelia? Es un objeto mágico. Tal vez la magia pueda arreglarlo.

—Preguntaremos al Oráculo —propuso Hay Lin—. Cuando volvamos..., cuando volvamos al otro lado del Universo. Ahora tenemos que encontrar al hermano de Taranee.

—Creo que Will debería quedarse aquí —sugirió Irma—. No está en condiciones de ir a ninguna parte. Y tal vez una de nosotras debería quedarse con ella.

Will negó con la cabeza.

—No —dijo—. Tenemos que estar juntas.

Puso las manos en el pilón y se apoyó en él para ponerse de pie, encorvada y temblorosa.

—¿Estás segura? —pregunté.

Ella asintió. Estaba pálida, pero su gesto mostraba decisión.

—Entonces, de acuerdo. Vamos —me di la vuelta y fui hacia los escalones.

—Oh, típico Fuego —censuró Cornelia.

Me di la vuelta rápidamente.

—¿Qué?

—Esto. Lo que estás haciendo. Ponerte en marcha sin molestarte en hablarlo, sin tener un plan.

—¿Cómo vamos a *tener* un plan? No sabemos nada acerca de este sitio.

—Claro. Muy bien. Como tú quieras.

Ya estaba harta de la señorita Cornelia.

—Es mi hermano y voy a ir a buscarlo —dije y seguí subiendo los escalones.

—Espera —dijo Irma detrás de mí—. Voy contigo.

Los escalones eran mucho más amplios y numerosos que en la Isla del Corazón Partido. Era evidente que alguien los utilizaba con bastante frecuencia, estaban lisos y brillantes por el uso. Aquello era un verdadero túnel, no una grieta por la que apenas podías deslizarte. Se podía andar todo el camino hasta la superficie.

Poco después, vi una luz débil al final del túnel. Aflojé el paso y, al final, avancé a gatas. Seguía pensando en la voz ansiosa y fría y en las palabras del Oráculo. Estábamos allí porque alguien quería que estuviéramos. El mismo alguien que nos escribió un mensaje en la arena «Entra si te atreves». Era de esperar que encontraríamos un comité de bienvenida y que no sería el tipo de acogida en el que querríamos entrar desprevenidas.

No había nadie. Es decir, nadie cerca. Las rocas peladas de la isla estaban desiertas. Pero, aparte de eso, nos encontrábamos en medio de una ciudad muy concurrida.

El mar que nos rodeaba estaba lleno de balsas, aparejos, pasarelas con casas flotantes, góndolas, barcazas, sampanes y todo tipo de embarcaciones y objetos flotantes conocidos por el hombre, incluso unos cuantos más que estaba segura que nadie conocía. Algunos de ellos eran tan grandes que cabía un jardín. Algunos tenían fuentes y torres bajas, y muchos estaban comunicados entre sí con puentes muy hermosos. Sobre ellos, el cielo era oscuro y vacío como una pizarra. No había luna, ni estrellas. Me estremecí al mirarlo, tan extraño y vacío, y bajé la mirada rápidamente.

La luz que había visto provenía del mar. Una luz pálida y perlada filtrada desde las profundidades, un tembloroso resplandor que hacía que todo lo que veía pareciera irreal. Los seres que estaban allí eran reales, aunque ninguno de ellos fuera humano. La mayoría de los habitantes me recordaban a..., bueno, a las ranas. Fuera del agua, andaban como patos, sin ninguna gracia, sobre unas piernas con aletas. Y su piel suave y sin pelo tenía motas y manchas en distintos tonos de verde. Solo unos pocos usaban los puentes. Para ir de una pasarela a otra, se metían en el agua con la soltura de los anfibios. El mar estaba lleno de ellos, igual que las balsas y las plataformas.

—¡Parecen ranas! —susurró Irma—. Ranas enormes...

Asentí. La mayoría era casi del tamaño de los humanos. No parecían siniestros ni peligrosos. Pero, de vez en cuando, se dispersaban y dejaban paso a otros seres mucho más grandes y con aspecto más peligroso: reptiles con colmillos y escamas, con una hilera de pinchos en la espalda, afilados como cuchillos. Si la mayor parte de los habitantes de la ciudad parecían ranas, estos parecían monstruos.

—Creo que los que deben preocuparnos son los que tienen escamas —susurré—. Son... feos. Y en cuanto nos vean se darán cuenta de que somos extranjeras.

Irma lanzó un gruñido.

—Si no soy capaz de disimular entre un montón de reptiles y anfibios con aletas que no somos iguales que ellos, no soy la W.I.T.C.H. del Agua que yo creía.

—Mmmm —murmuró Will—. ¿También puedes convencer al Agua para que nos deje respirar bajo la superficie si lo necesitamos?

Irma se quedó pensándolo un instante.

—Creo que sí —respondió.

—*Cree* que sí —ironizó Cornelia—. Bueno, muy bien. Démonos prisa y confiémosle nuestras vidas.

—¿Por qué te pones así? —le pregunté.

—¿Así? ¿Cómo? —respondió inocentemente, como si no lo supiera.

—Sarcástica. Maliciosa. No haces más que menospreciar a todo el mundo.

—Vale, *perdona* —se disculpó Cornelia—. Solo pretendo ser la voz de la razón. Alguien tiene que serlo.

—¿Y a ti quién te ha *contratado* para que lo seas?

—¿Podéis hablar más bajo? —pidió Hay Lin—. ¿O queréis que esas criaturas con colmillos nos oigan?

Nos miramos enfadadas. Hasta Hay Lin, que normalmente era tan alegre, parecía tensa y enojada.

—Voy a bajar ahí —sugerí—. Si Irma me ayuda. Tal vez alguien sepa dónde está Peter.

—Te ayudaré —se ofreció Irma—. Es agradable saber que *alguien* confía en mí.

—Bien, pero alguien debería quedarse aquí y vigilar la caverna para que las supervivientes tengan alguna posibilidad de regresar a Heatherfield.

—¿Te ofreces voluntaria? —pregunté.

—Si queréis... —respondió un poco dolida.

Me sentí culpable. Normalmente no nos separamos nunca. Pero en ese momento, con aquel humor, no quería estar con Cornelia. Y parecía razonable vigilar la caverna, ¿verdad?

—Yo también me quedo —intervino Hay Lin—. Por si acaso.

Cornelia asintió de mala gana.

—No hace falta —dijo—. Pero me gustaría..., quiero decir, que probablemente sea más *sensato* no estar sola.

Will no parecía satisfecha.

—Deberíamos estar juntas —repitió—. Estamos mejor así.

«No en este momento», pensé, «no si estamos poniéndonos nerviosas unas a otras, discutiendo y peleando por cualquier cosa».

—Sigues pálida —observé—. Deberías quedarte con Cornelia y Hay Lin, al menos hasta que Irma y yo nos enteremos de lo que pasa.

Negó con la cabeza.

—No —dijo—. Tengo un presentimiento... Creo que debo ir. Y ya me encuentro mucho mejor.

No parecía estar mucho mejor. Pero, de todas las W.I.T.C.H., Will era mi mejor amiga y me alegraba que viniera conmigo.

Reb

En aquella ciudad podía marearme rápidamente. Casi nada era sólido, o al menos no tanto como las cosas de la Tierra. Todo parecía moverse y tambalearse con nuestros movimientos y con las olas del mar. Y, aunque había lámparas y linternas en la mayoría de las balsas y de los puentes, gran parte de las luces estaban en el mar. No se reflejaban en la superficie, sino en el fondo, temblando y titilando, haciendo que el mar se iluminara como una piscina por la noche.

Irma miraba dentro del agua, absolutamente fascinada.

—Es profundísimo —comentó.

Yo no sabía cuánto, pero estaba claro que aquella ciudad era como un iceberg. Nueve décimas partes de ella estaban bajo la superficie. En aquel lugar no había edificios altos, sino edificios profundos.

La idea de Irma parecía funcionar, nadie se fijaba mucho en nosotras. A nuestro alrededor, la gente rana se movía en un constante ir y venir, algunos deprisa, como si tuvieran mucho que hacer, y otros nadando o caminando con más calma.

De repente, se formó un alboroto en el agua. Salpicaduras, chillidos y algo que sonaba casi como una risa gruñona. Luego se oyó un bramido y otro chapoteo. Un esbelto cuerpo con manchas verdes se lanzó fuera del agua seguido de cerca por dos reptiles muy desagradables, y fue a aterrizar a nuestros pies con un golpe húmedo. Yo me eché para atrás sin querer, resbalé y casi me caigo encima de la especie de rana que tenía delante.

—¡Eeeeeek! —exclamó apartándose. Luego se puso en pie de un salto para escapar rápidamente. Casi lo consiguió. Pero yo había hecho que se detuviera demasiado, y antes de que pudiera meterse por una estrecha abertura en la parte trasera de una casa flotante, una garra con escamas lo atrapó por el pescuezo. Lanzó un grito de terror y luego un débil chillido de dolor cuando uno de los reptiles lo empujó contra la pared y lo sujetó con una especie de mano con púas.

Toda la gente rana que había en la balsa se quedó quieta. Luego empezaron a marcharse y, al cabo de unos minutos, habían desaparecido dentro de los edificios o del agua. El pobre chico rana, que no era mayor que un humano de ocho años, se quedó solo con sus captores. Y con nosotras.

El más grande de los reptiles bostezó dejando a la vista unos colmillos que habrían dado envidia a un cocodrilo; la piel verdosa del chico rana se quedó pálida. Luego levantó la mano para darle un golpe.

—¡Detente! —grité. Llamar su atención no era lo más inteligente del mundo, pero, ¿cómo podía quedarme mirando sin hacer nada y dejarles hacer… lo que fueran a hacerle a una víctima tan pequeña e indefensa?—. ¡Suéltalo!

El reptil más pequeño seguía sujetando al chico rana contra la pared. Los otros se dieron la vuelta lentamente y me miraron, me estremecí sin querer. Aquellos ojos amarillo pálido, aquella sonrisa llena de colmillos, la última vez que había visto algo parecido fue en una pesadilla.

—Sssladrón —siseó. Levantó una garra para subirse un doblez de la toga de red que llevaba puesta y me enseñó una especie de chapa. Era una corona, o eso parecía, dorada sobre verde. Luego me volvió la espalda como si aquello fuera una explicación suficiente y volvió a levantar la mano.

«Oh, no. No lo harás», pensé. Y prendí fuego a su toga.

Por un momento se quedó mirando las llamas con una expresión de desconcierto. Luego lanzó un rugido de terror y empezó a golpearlas con sus grandes brazos. Podía haber saltado al agua en unos segundos, pero no pareció ocurrírsele aquella solución tan simple.

El reptil más pequeño parecía igual de sorprendido al principio, luego soltó al chico rana y se apartó del fuego. El chico rana se deslizó a un lado, me agarró del brazo y se lanzó hacia la abertura a la que había querido llegar antes de que lo cogieran, llevándome con él. Me sorprendió tanto que ni siquiera traté de resistirme. La rejilla que tapaba la abertura se abrió hacia un lado cuando él la tocó y entramos. Primero entró el chico rana. Después yo. Luego Irma y Will, que me habían agarrado del tobillo izquierdo en el último momento. Caímos durante un buen rato y acabamos en el fondo de una especie de tubo.

Creo que era un conducto de aire. Había otra serie de tuberías que salían desde donde estábamos en tres direcciones distintas, todas hacia abajo. El único camino de subida era la resbaladiza tubería por la que habíamos caído, y trepar por ella parecía casi imposible. Además, lo más probable era que allá arriba estuvieran esperándonos un par de reptiles muy enfadados.

—¡Genial! —se burló Irma—. ¿Y ahora cómo salimos de *aquí?*

Lanzó una mirada fulminante al chico rana. Estaba sentado en cuclillas cerca de nosotras y nos miraba con una expresión que parecía de asombro.

Pero no estoy segura, a lo mejor siempre tenía los ojos así de saltones.

Se acercó cautelosamente, extendió el brazo y me tocó la mano con cuidado. Sus dedos palmeados estaban húmedos, por supuesto, pero eran suaves y blandos.

—¡Sí sois! ¡Oh, sí! —exclamó—. ¡De verdad lo sois!

—¿Lo somos? ¿Qué es lo que somos?

—¡Gente de la Reina! ¡Hiciste Fuegorreal! Espera a que la Reina se entere, no habrá paz en Stromtown, seguro, ya no habrá paz. ¡Oh, no!

¿Gente de la Reina? No sé qué quería decir con aquello, pero sabía que no éramos de la ciudad. Miré a Irma.

—Creí que te encargarías de eso.

Parecía ligeramente incómoda.

—Y me encargaba. Pero con todo lo ocurrido... Bueno, creo que perdí un poco el control.

Me volví hacia el chico rana. ¿Cómo había dicho que se llamaba? ¿Reb?

—¿Quién es esa Reina de la que hablas? ¿Es alguna descendiente de la hechicera?

Parecía totalmente horrorizado.

—¿Que quién es la Reina? —repitió—. ¿Quién es la *Reina?* Oh, terrible problema, terrible problema. La Gente de la Reina no sabe quién es la Reina. Espera. Espera a que se entere. Oh, no. La Gente de la Reina será huesos en el agua, huesos limpios, oh, sí.

Estaba empezando a ponerme nerviosa.

—¿Vas a delatarnos? —le pregunté—. Yo te salvé. ¿Vas a agradecérmelo delatándome a esa Reina tuya?

Se tocó el arañazo que el reptil con púas le había hecho en el pecho.

—Reb no hará daño. Oh, no, no daño a quien le ayudó. Pero la Reina sabe. La Reina sabe todo, oh, sí. Tiene a los Espines. Tiene el Purofuego. Ella *sabe,* oh, sí. Y colecciona Gente de la Reina.

¿Colecciona? Eso... no sonó muy bien. Me hizo pensar en mariposas cuidadosamente conservadas en cajas de cristal, atravesadas con agujas y con las alas desplegadas.

—¿Ha conseguido alguno nuevo para su colección últimamente? —me obligué a preguntar.

Reb asintió vivamente. No tenía mucho cuello, así que asintió más o menos con todo el torso.

—Esta misma mañana. El primero de este largo año. Una buena captura, oh, sí. Media ciudad ha ido a verlo.

Miré a Reb confundida. ¿Qué era un largo año? ¿Una fiesta de la Reina? Lo que estaba claro como el cristal era que habían cogido a alguien esta mañana. Y yo me temía que ese alguien podría ser Peter.

—¿Dónde está? —salté.

Reb parecía confundido.

—¿Quién?

—Mi..., es decir, el..., el chico Gente de la Reina. El que capturaron.

—En el Salón de Cristal, ¿dónde si no iban a ponerlo?

—Llévame allí.

Reb se apartó de mí asustado.

—Oh, no —negó—. No bueno, nada bueno, oh, no. ¿El loquesea *quiere* ser huesos?

Tardé unos instantes en comprender que se refería a mí.

—Soy una chica, Reb, no un loquesea.

Hizo una pausa y luego repitió educadamente:

—¿La chica quiere ser huesos?

—No —dije—. Pero tengo que verlo. Al loquesea. Necesito ver esa... captura.

—Malas aguas para nadar. Malas aguas para chica. Oh, sí. Muy peligroso.

—Taranee, quizá sería mejor no ir sin... —empezó Will, pero yo no tenía tiempo para objeciones.

—Si tú no me llevas, iré sola —amenacé a Reb—. Dime en qué dirección debo ir.

De nuevo se quedó callado. Luego levantó una mano y señaló hacia abajo. Irma se rió.

—Bueno, Taranee. ¡Ve! —exclamó.

Le lancé una mirada furiosa. Luego me volví hacia Reb.

—Necesito algo más —le pedí tratando de no perder la calma—. Tienes que decirme cómo llegar hasta allí.

Sacudió la cabeza violentamente, un movimiento que hizo que todo su cuerpo se moviera igual que cuando asentía.

—Malas aguas —repitió.

—Bueno —insistí—. Si no me lo dices. Le preguntaré a otro.

Le miré fijamente. Él miró hacia atrás con tristeza.

Sus ojos eran de un color dorado oscuro moteados de negro. Realmente bonitos.

—Chica no escuchar —farfulló entre dientes—. Chica ser huesos. Quizá Reb ser huesos también.

Me quedé callada. Seguí mirándolo fijamente. Al final, suspiró profundamente y bajó la cabeza.

—Huesos —refunfuñó—. Huesos y aguas malas. Pero Reb conoce un camino al Salón. Un camino de agua oscura. Casi escondido. Los Espines no van allí, oh, no.

—Llévame —le pedí.

Se encogió de hombros.

Luego fue hacia una de las tres aberturas de las tuberías que salían del empalme en que estábamos.

—Reb te enseñará. Chica seguir —dijo deslizándose al interior de la tubería.

Irma miró con recelo el camino que quería que siguiéramos.

—¿Podemos fiarnos de él? —susurró—. Tal vez haya una recompensa o algo así. Por capturar Gente de la Reina. Y el de las púas le llamó ladrón.

—No tenemos a nadie más —respondí.

—Me gusta —comentó Will—. Creo que es bastante mono.

—A ti te gusta cualquier cosa que se parezca a una rana —gruñó Irma exasperada.

Era verdad.

Will tiene zapatillas en forma de rana, pósters de ranas, toallas con ranas, lápices con ranas, un despertador rana y un billón de ranas de peluche de todas las formas, tamaños y estilos. Es una *ranadicta*.

Reb asomó la cabeza por la abertura.

—¿Chica venir? —preguntó.

—Sí —respondí—. Ya vamos.

El Salón de Cristal

No sé a qué profundidad llegamos. Había espacios de aire en el camino y algunas veces largos pasillos en forma de tubo donde podíamos respirar. Reb parecía mirarlos como nosotros miramos los bancos de los parques, un sitio donde descansar unos minutos antes de seguir adelante, pero no estrictamente necesarios. El resto del tiempo, la magia de Irma creaba burbujas de aire que eran casi como cascos de buzo; sin ella nunca habríamos sobrevivido al largo y oscuro viaje hacia abajo.

Nos detuvimos a respirar en una campana de aire anclada sobre una torreta oxidada. Debajo de nosotros se deslizaban ranas y Espines colgados de algo que me recordó a los antiguos telesquís. El aire de la campana estaba viciado y olía mal, y el suelo estaba cubierto de basura y conchas de almejas vacías. Las paredes de cristal estaban casi opacas a causa de la porquería y las algas. El agua burbujeaba en las juntas, que necesitaban mantenimiento. Tal vez por eso éramos los únicos ocupantes.

—Mira —dijo Reb señalando hacia abajo—. El Salón de Cristal.

Creo que esperaba ver una especie de castillo submarino, quizá porque aquello era lo que Reb llamaba «Sitio de la Reina». No se parecía en nada a un castillo. Era más bien una enorme máquina de *pinball* flotante, llena de tubos curvados, luces de colores y ranuras por las que entraban y salían constantemente ranas y Espines. La torreta donde estábamos llevaba directamente a una de las entradas.

Los tubos brillaban con una luz fosforescente que me hizo recordar el torbellino.

—Reb —dije tocando ligeramente su brazo de piel suave—. ¿Qué es esa luz verde?

Me lanzó una de sus miradas que decía «chica-no-sabe-nada». En la última hora ya me había mirado así un montón de veces.

—Purofuego —explicó—. Te lo dije, es el Sitio de la Reina. Es donde lo hacen.

¿Una especie de central de energía? Entonces, ¿por qué había tanta gente y luces de colores? A mí me parecía un parque de atracciones flotante.

—¿Por qué guardan aquí a la…, la Gente de la Reina?

Otra mirada, esta un poco más intrigante.

—A la Reina no le gustan —dijo—. ¡Especialmente la Gente de la Reina que sabe hacer Fuegorreal! —recorrió con la mirada la campana de aire, como para asegurarse de que no había nadie escuchando. No sé cómo podía estar escuchando alguien, pues apenas podíamos sentarnos en el suelo sin tocarnos. Pero esa conversación ponía a Reb muy nervioso.

—Eso va a hacerte muy *famosa,* ¿verdad? —bromeó Irma—. ¿Quieres entrar a saludar a su majestad, ya que estamos aquí abajo?

La piel de Reb se volvió gris.

—¡No! —dijo entre dientes y luego estalló en una serie de chasquidos y tonos aflautados que había usado antes con los Espines. Tardó un rato en recuperar el habla y, cuando lo hizo, resultaba casi incoherente.

—¡No debe! ¡No debe! Oh, no, huesos en el agua, chica no debe, oh, no, oh, no.

—Ella no hablaba en serio —aclaré tratando de tranquilizarlo—. A veces dice cosas que no son en serio.

—¡Mal! ¡Muy mal! ¿Por qué hacer eso?

—Era una broma —explicó Irma.

—Broma mala. Oh, sí. Broma muy mala.

—Creo que estoy de acuerdo con Reb —añadió Will.

Irma puso un gesto de enfado.

—Eres tan graciosa como una manta mojada un día frío —dijo.

Reb casi se queda bizco de perplejidad.

—¿Manta mojada? —murmuró—. ¿Manta mojada también broma mala?

—Algo así —repuse—. ¿Por qué a la Reina no le gusta el Fuegorreal?

—No sé. No sé —vaciló y luego continuó cautelosamente—. Podría ser por la canción. Oh, sí. Podría ser —su cara se contrajo en lo que solo podía ser una sonrisa y empezó a cantar.

«Fuegorreal, Fuegorreal,
Todo lo quema
Quema a los Espines
Fuegorreal, Fuegorreal
Caliente y vivo

Pronto ni Reina ni Espines.»

Cuando acabó de cantar, me miró fijamente.

—¿Has venido a quemar a los Espines, chica Fuegorreal? —preguntó solemnemente.

La esperanza que se veía en su mirada era casi insoportable. Me di cuenta de lo mucho que su gente temía a los Espines, y cuánto les maltrataban. Pero no podía mentirle. Eso habría sido aún peor.

—He venido a rescatar a mi hermano —respondí—. Lo demás es... accidental.

Cerró lentamente sus ojos dorados y me pareció tan triste que, por un momento, me entraron ganas de abrazarlo con aletas y todo.

—Debemos seguir camino del Aguaoscura —dijo con tono cansado y asustado—. Chica no alejarse. Camino no bonito, oh, no.

Reb tenía razón. El camino del Aguaoscura no era nada bonito. La mayor parte del tiempo atravesaba tubos estrechos con suciedad incrustada, algunos con un poco de aire en ellos y otros no. El agua que fluía lentamente alrededor de nosotros también estaba sucia, llena de todo tipo de residuos y basura. La primera vez que vi una rata, me impresionó tanto que me di un golpe en la cabeza contra el techo de la tubería. Pero supongo que no debería haberme sorprendido tanto. Las ratas se adaptan a cualquier alcantarilla, al parecer hasta a las submarinas. Por fin llegamos a una rejilla oxidada, doblada y torcida.

—Respirar mucho —aconsejó Reb—. Mucho rato no aire. Nadar hacia luz.

Se lanzó por la estrecha abertura y su delgado cuerpo apareció al otro lado de la rejilla. Yo miré la distancia con recelo. ¿Podríamos seguirle?

—Dobla un poco más las barras —sugirió Will—. Chica Fuegorreal.

Tenía razón. Si calentaba las barras... Me concentré un momento y el agua empezó a hervir alrededor de las varillas de metal, que empezaron a ponerse rojas como la resistencia de un tostador. Usar el fuego en el agua no es fácil, y yo jadeaba por el esfuerzo antes de terminar, pero pude agarrar la rejilla y doblarla mientras el hierro aún estaba caliente y blando. Es genial que a la W.I.T.C.H. del Fuego no le salgan ampollas fácilmente...

—Buen trabajo —reconoció Irma.

—Gracias —respondí—. Y ahora te toca a ti otra vez, W.I.T.C.H. del Agua. Porque ni siquiera respirando muy hondo podríamos atravesar esto.

—Yo haré que respiremos —prometió.

—Vamos —prosiguió Will—. Acabemos de una vez. No me gusta este lugar, pero creo que el próximo me va a gustar menos.

Parecía helada y pálida, pero probablemente también lo parecería yo. Y a diferencia de Irma, que puede estar dentro del agua todo el tiempo que quiera sin convertirse en una ciruela pasa, yo sabía que mi piel tenía ya todas las arrugas posibles.

No había nada más que decir. No había nada más que hacer. Saberlo no iba a servir de nada, tomé aire y me lancé hacia la abertura.

Esa es otra de las cosas que no quiero volver a hacer en mi vida. Estaba oscuro. Era tan estrecho que las costrosas paredes de la tubería me arañaban y me enganchaba en ellas cada pocos metros. Al principio, la luz hacia la cual nos dirigíamos no era más que un puntito fácil de perder de vista. Y si Irma aflojaba su control aunque solo fuera un instante, todos moriríamos. Prefiero mil veces al señor Buckingham con su escopeta.

Pero lo conseguimos. Y cuando salimos al hediondo aire del otro lado, Reb ya había echado abajo la rejilla. Con un movimiento resbaladizo y dándose impulso, pasó por el agujero y entró en la habitación que había encima. Yo le seguí con mucha menos agilidad. La habitación a la que llegamos tenía el techo bajo, apenas había espacio para andar a gatas y estaba llena de barriles y redes. Afortunadamente, no había nadie.

Descansamos un momento, hasta Reb parecía necesitar recuperar el aliento, y después nos dirigimos hacia la trampilla que había en un extremo de la habitación.

—El Salón de Cristal. No hacer ruido ahora —explicó Reb entre dientes—. O nos oirán los Espines.

Abrió la trampilla con mucho cuidado y se deslizó por ella. Nosotras le seguimos.

Color. Luces. Gente. Ruido. Después de haber estado tanto tiempo en la penumbra del camino del Aguaoscura de Reb, aquello resultaba impresionante. Aquella habitación, en realidad un salón, porque era muy grande, estaba lleno de ranas y de enormes Espines. Algunos llevaban la chapa de la corona, otros parecían ser simples ciudadanos de Stromtown. Muchos iban con niños. Un pequeño niño rana gritaba a su madre que quería volver a subir en el tobogán de aire. Vi a un niño Espín comiéndose un pez entero, crudo, en un pan de hamburguesa. Todos los niños llevaban algo que parecía un cruce entre linterna china y globo. Eran esferas flotantes de Purofuego que cabeceaban en el aire sujetas con cuerdas y que lanzaban su espantoso resplandor verde sobre las caras de todo el mundo. Me estremecí. Había algo en aquel Purofuego que me parecía *maquiavélico,* completa y absolutamente malo, y ver que lo utilizaban como una especie de truco festivo...

—¿Cómo pueden usar *eso* como un juguete? —pregunté en voz baja.

—No juguete —respondió Reb, que me había oído—. Sin Purofuego no luz, no calor para cocinar. Todos vienen aquí a cogerlo cada cuarto año, hasta los de las tuberías, oh, sí, porque llevarlo a casa es tarea de niños.

—¿Por qué? —pregunté.

Se encogió de hombros.

—Porque sí. Es la Fiestarreina.

—¿Fiestarreina?

Se quedó atónito, como un niño que acaba de conocer a alguien que nunca ha oído hablar de la Navidad.

—¿Vosotros no tenéis Fiestarreina?

Negué con la cabeza.

—Lo siento —se lamentó tocándome el brazo con suavidad—. Lo siento por chica.

—Reb... —intervino Will—. ¿Por qué no estás tú en la Fiestarreina?

—No quiero ser parte de estúpida Fiestarreina —respondió en tono desafiante. Pero se veía claramente que sí, que le habría encantado ser uno de aquellos niños que llevaban orgullosamente a sus casas el suministro de Purofuego de sus familias.

—Debes pagar estúpida tasa. Debes decir que amas Reina o no te dan. La mamá de Reb no hace eso, oh, no. ¡La mamá de Reb orgullosa! —añadió después de hacer una pausa.

Y su hijo también lo era, evidentemente. Will le dio unos golpecitos en el hombro. Pero Reb no quería que le tuviéramos lástima.

—Debemos ir —dijo encogiéndose de hombros—. Tenemos que ir a ver la captura.

La captura. Se refería a mi hermano.

—No falles esta vez —susurré a Irma—. ¡Con todos estos Espines por aquí, tendremos serios problemas si se dan cuenta de que no somos gente rana!

—Ten un poco de fe —murmuró—. Y cállate y déjame concentrarme.

De momento, parecía funcionar. Sin llamar la atención, nos abrimos paso entre la gente, procurando evitar a los Espines y, especialmente, a los que llevaban la chapa de la corona. Había varias flechas indicadoras que decían SALA DE EXHIBICIÓN.

La mayoría de la gente iba en esa dirección, y tuvimos que hacer cola durante lo que pareció una eternidad antes de que nos dejaran entrar.

Me detuve en seco. En el centro de la habitación había un acuario enorme, bien iluminado y decorado y lleno de peces exóticos de todos los colores que iban de acá para allá. Dentro del acuario había un tubo de cristal. Y dentro del tubo estaba Peter, acurrucado de lado, con su bañador azul y los ojos cerrados. Parecía dormido.

Alrededor del acuario se arremolinaban los Espines. La mayoría enseñaba los colmillos sonriendo. Uno de ellos pasó lentamente su garra llena de púas por el cristal haciendo un ruido como el de una uña arañando una pizarra. Me pareció que lo que realmente quería era arañar la piel de Peter. Y Peter dormía, vulnerable, sin darse cuenta de nada...

—Taranee, *no lo hagas* —ordenó Will entre dientes, agarrándome las manos. En ese momento fue cuando me di cuenta de que las había levantado. Quería prender fuego a algo. A cualquier cosa. Ya.

—Sacadla de aquí —sugirió Irma—, antes de que alguien lo vea.

¿Qué había que ver aparte de mi *hermano* metido en aquella especie de ataúd para que lo vieran los Espines e hicieran comentarios, como si fuera una langosta en el acuario de un restaurante?

Al parecer, vapor. Estaba tan caliente conteniendo el fuego, que mi pelo mojado y mi ropa habían empezado a echar vapor.

Irma y Will me sacaron de allí a empujones,

tirando de un brazo cada una. Reb nos siguió, dando saltos horrorizado.

—No debe hacer humo —advirtió en voz baja—. ¡Chica no debe hacer humo!

—*Tranquilízate,* Taranee —dijo Will con firmeza—. Ahora no podemos hacer nada. Hay demasiados Espines —se volvió hacia Reb—. ¿Este lugar cierra a alguna hora?

Asintió.

—Pronto. Una hora reloj más, quizá dos.

—Bien —repuso Will—. Lo haremos cuando cierre. Taranee, ¿quieres dejar de echar vapor? ¡Vamos a sacarlo de ahí, te lo prometo!

Irma me rodeó con su brazo para consolarme.

—Menos mal que está dormido —dijo—. Al menos no *sabe.*

Purofuego

Volvimos al almacén a esperar. El tiempo pasaba muy despacio. No podía dejar de pensar en los Espines y en sus sonrisas llenas de colmillos. Ni en Peter, dormido e indefenso. Reb abrió la trampilla dos veces y las dos veces volvió a cerrarla rápidamente.

—Demasiados Espines —dijo desanimado—. No bueno. Oh, no.

Por fin todo quedó en silencio mucho tiempo. Dejamos de oír pasos sobre nuestras cabezas. Se acabó el ruido de los Espines al arrastrar sus colas.

—Ahora —ordené harta de esperar—. Vamos ya.

Reb seguía indeciso.

—Chica —pidió—. ¿Harás Fuegorreal? Solo

un poco. Solo para que yo vea, así será más fácil ser valiente...

Parecía realmente asustado. Su cara estaba totalmente pálida.

Cogí un trozo de cuerda deshilachada del suelo y lo hice arder. Se lo mostré sobre la palma de mi mano, un pequeño resplandor en la penumbra del almacén. Reb lanzó un grito ahogado, luego trató de cogerlo. Se lo impedí.

—No lo hagas. Te quemaría —me di cuenta de que esta gente no conocía el fuego. ¿Lo habría ilegalizado la Reina?

Reb parecía sorprendido y decepcionado.

—Chica no quema —observó.

—Soy la W.I.T.C.H. del Fuego. Créeme, Reb, te haría daño si lo tocaras.

Se quedó un buen rato mirando el fuego.

—Reb creía que solo quemaba Espines —dijo por fin.

—No. También al resto de la gente.

—¿Reinas?

—Tal vez. Probablemente.

Sonrió de oreja a oreja.

—Fuegorreal, Fuegorreal, todo lo quema —cantó en voz baja—. Quema a los Espines.

Los últimos trozos de cuerda se enroscaron

transformándose en hilos negros y después en ceniza. El fuego se apagó.

—¿Podemos irnos ya? —pregunté.

Reb asintió.

—Sí. Reb ahora es valiente, oh, sí.

Me parecía tan pequeño, su cabeza me llegaba al pecho. Un héroe diminuto. El arañazo de su pecho aparecía oscuro y feo en su pálida piel, pero erguía los hombros desafiante y en sus ojos dorados había un reflejo brillante, como si aún mantuvieran un eco del fuego.

La sala de exhibición estaba vacía. Se encontraba iluminada por unos globos de Purofuego, pero la luz era más débil. Los peces del acuario se movían más despacio y Peter seguía dormido.

—¿No podríamos romper el cristal? —susurré.

—Un poco ruidoso —murmuró Will—. Creo que tenemos que entrar desde arriba.

No había ningún modo de hacerlo. No había vigas, ni lámparas de las que colgarse. El tubo blanco que proporcionaba el aire a Peter venía directamente de un agujero en el techo y, además, no teníamos ninguna cuerda. Sin embargo, de repente se me ocurrió una idea.

—Irma —dije—, pídele al agua del tanque que *saque* a Peter.

Irma me golpeó con el puño en el hombro.

—De acuerdo, genio. Marchando una de hermano.

Levantó las manos. Inmediatamente, el agua empezó a moverse y a hervir alrededor del tubo de cristal, que subió lentamente hasta la parte de arriba del acuario. Y no se detuvo ahí. Se deslizó por el borde apoyado en una ola y luego cayó al suelo muy cerca de nosotros, salpicando agua. Aterrizó con bastante violencia y con un ruido que resonó por toda la sala, pero el cristal no se rompió. Peter seguía sin despertarse.

Me puse en tensión, preparándome para hacer frente a los Espines que vinieran atraídos por el ruido. No apareció nadie.

Will miraba el tubo.

—No parece muy... rompible —objetó—. Y no tiene tapa, ni bisagras, ni nada parecido. ¿Cómo lo abrimos?

—Con fuego —dije—. Fundiré el cristal.

—¿Sin quemar a Peter?

Asentí.

—Lo contendré —aclaré, con más seguridad de la que sentía, porque hay pocas cosas en el mundo natural que tengan más temperatura que el cristal fundido. Pero no veía de qué otra forma podíamos abrir aquella cosa espantosa y *sacar* a Peter. Puse las manos sobre esa especie de ataúd, a la altura de sus pies, que me parecieron mucho menos vulnerables que su cara, y me concentré.

El cristal se nubló unos instantes, luego empezó a brillar y a burbujear. Pero no se fundió como yo esperaba. Explotó.

Las astillas de cristal salieron disparadas por todas partes, mortalmente afiladas. De repente, resultaba muy difícil respirar. Un hedor espantoso, pesado y tóxico, llegó hasta mi nariz y mi boca. Me dieron arcadas, pero no me sirvieron de nada. La cabeza me daba vueltas. ¿Por qué estaba de rodillas? No tenía tiempo para sentarme. Peter. ¿Estaba bien? Necesitaba..., necesitaba... «Necesitas a Hay Lin para que se lleve este gas», dijo una vocecita dentro de mi cabeza. Pero Hay Lin no estaba allí. Una sirena me reventaba los tímpanos y algo cayó sobre nosotros desde arriba. Era una red, una tela de filamentos de Purofuego, que se adhería por el frío y al tiempo quemaba. Creo que grité.

De repente, la sala se llenó de Espines. Y había alguien más. La Reina.

No podía ser más que ella. Tenía el pelo plateado y le llegaba hasta la cintura. Llevaba una corona en forma de diadema, con incrustaciones de piedras verdes. Y la túnica verde brillante que ceñía su esbelto cuerpo era de Purofuego tejido. ¿Cómo podía soportar tocarlo? El filamento que yo tenía en el hombro y en el cuello quemaba mi piel como el hielo, pero a ella no parecía afectarle. Ni eso, ni el gas que iba desapareciendo poco a poco de la sala.

—Bien —dijo en un tono de enorme satisfacción y con una voz fría que reconocí al instante—. El ratón cayó en el queso. Estoy muy satisfecha. ¿Quieres luchar contra mí, pequeña W.I.T.C.H.? Inténtalo, por favor. Hace siglos que no me divertía tanto.

Lo intenté. Tuve que hacer un enorme esfuerzo para levantar una mano. Fuego, supliqué. Quema. Quema esta red y haz que desaparezca de su cara esa sonrisa de superioridad.

Una débil llama parpadeó en el extremo de un filamento unos instantes, luego se extinguió.

La Reina se rió.

—¿Veis? —se dirigió a los Espines que se arremolinaban alrededor de nosotros—. Eso es todo lo que puede hacer el llamado Fuegorreal. No es ninguna amenaza.

Uno de los Espines, el más grande que yo había visto hasta el momento y con mucha diferencia, nos miró con curiosidad.

—¿Matar? —preguntó.

—No, Hallud, aún no. Quizá no. Depende de lo testarudas que sean. ¿Sabes? Quiero que hagan una pequeña tarea. Oh, Hallud, ¿sabes cuánto tiempo he esperado esto? —sonrió cálidamente y por un momento parecía una niña que va a su primera fiesta. Hasta que obervabas sus ojos. Sus ojos viejos y fríos. De siglos. No era ningún descendiente; era la misma hechicera. Estaba tan segura de ello como de que el Purofuego me quemaba.

—*Querida* W.I.T.C.H. del Fuego —ronroneó—. Has sido muy amable al provocarme.

No podía soportarlo. Si hubiera sido un dragón, le habría lanzado una *bocanada* de fuego. Pero cerré los ojos y traté de prender fuego a su pelo.

¡Zas! Una línea de Purofuego frío ardiente

cruzándome la mejilla fue el castigo por mi ataque. Luego, el pie de un Espín me pisó el pecho con tanta fuerza que me cortó la respiración.

—Ressspeto —siseó el Espín llamado Hallud—. ¡Ressspeto a su Majestad la PuraReina! Echó hacia atrás el puño lleno de púas para golpearme, pero la Reina lo detuvo.

—Eso bastará, Hallud. La necesito en buenas condiciones, por ahora.

Miré su pelo. Estaba ligeramente chamuscado. ¿Qué me estaba pasando? Su estúpida peluca plateada debería estar ardiendo. ¿Era por el gas? No podía pensar con claridad, no podía concentrarme. Irma y Will parecían igual de aturdidas, y Peter seguía tirado en el suelo, inconsciente entre los trozos del tubo roto. El Purofuego devoraba mi piel como si fuera ácido. Quería revolcarme de dolor, pero eso solo lo empeoraría, haría que la red se apretara más.

—Llevadlos a la Cámara —ordenó la PuraReina—. Es hora de empezar.

La Cámara

Dejaron que la red se aflojara un poco, lo justo para que pudiéramos movernos por nuestros medios sin quemarnos.

—Espera —pedí—. Mi hermano…

—Todo a su debido tiempo —repuso la Reina—. No te preocupes, pequeña W.I.T.C.H., ¡pronto nos reuniremos!

Los Espines nos hicieron avanzar a empujones, aparentemente inmunes al Purofuego que seguía envolviéndonos. No se me ocurría ninguna manera de resistirme a ellos, pero cuando me di cuenta de adónde nos llevaban, la esperanza y el miedo se desataron dentro de mí al mismo tiempo. La Cámara del torbellino. Cornelia y Hay Lin, ¿podrían ayudarnos? ¿Tendríamos una posibilidad de liberarnos?

No. Ninguna. En el suelo arenoso de la caverna esperaban mis dos amigas, atadas igual que nosotras con filamentos del temible Purofuego.

—¿Estáis bien? —preguntó Will.

Hay Lin dejó caer la cabeza.

—Tratamos de luchar contra ella —se excusó—. Pero... no salió bien. Tal vez es demasiado fuerte.

—Tal vez nunca debimos acercarnos a ella, para empezar —repuso Cornelia—. Tal vez deberíamos haber tenido un plan sensato en vez de ir *algunas* a asaltar su ciudad.

—¡Tú no querías venir! —salté.

—¡Tú no *querías* que fuera!

—Yo no dije eso...

—Oh, tal vez no lo *dijiste,* pero...

—Basta —ordenó Will, que parecía agotada.

—Pero ella...

—Pero yo...

—Mirad, dejad..., dejad de pelearos, ¿podéis? Me estáis dando dolor de cabeza.

Cornelia me lanzó una mirada fulminante, tenía la cara pálida de rabia y de miedo. Yo le devolví la mirada. Luego, hasta mi rabia desapareció y me desplomé en el suelo tratando de encontrar un modo de sentarme que mantuviera al Purofuego alejado de mi piel. ¿Qué nos estaba pasando? Nos lanzábamos al cuello de las otras constantemente, atacándonos como chacales... A veces discutíamos, sí, y muchas veces nos hacíamos rabiar. Pero casi desde que llegamos a este lugar, era como si fuéramos incapaces de ponernos de acuerdo en lo más simple.

Me quedé paralizada, sentada sin moverme ni lo más mínimo. No era desde que habíamos llegado a este lugar, era desde el momento exacto en que se rompió el Corazón de Kandrakar.

—Will —susurré con miedo a decir en voz alta lo que pensaba—. Déjame ver el Corazón de Kandrakar un momento.

Levantó la cabeza con gesto de cansancio.

—¿Para qué?

—Para..., porque quiero comprobar una cosa.

—Sigue roto.

—Hummm. Me gustaría echarle un vistazo. Por favor, Will.

Se encogió de hombros e hizo salir al Corazón de Kandrakar. Lanzó un grito ahogado.

—¡Está peor! ¡Taranee, está aún peor!

Era verdad. La grieta era más larga, más oscura, más fea. Ahora atravesaba el cristal de lado a lado, dividiéndolo en dos partes desiguales.

—Es como nosotras —sugerí—. Estamos rotas porque el Corazón de Kandrakar también lo está. Por eso no hacemos más que pelearnos. Por eso nada funciona tan bien como cuando estamos juntas.

Will parecía a punto de partirse por la mitad ella también.

—Es culpa mía —susurró—. Se suponía que yo debía cuidarlo.

—Claro que no es culpa tuya —intervino Cornelia—. Ese estúpido amuleto se rompió. Y yo creo que Taranee se está imaginando cosas.

Me sacó de mis casillas, quería arremeter contra ella, pelear, maldecir. *No quiero volver a verte más,* dijo mi voz interior. *¿Es eso lo que vas a decir?* No. Esta vez, no. Me tragué las palabras. No pensaba desear nada malo a Cornelia, que había sido una de mis mejores amigas. En vez de eso, le tendí la mano. Estábamos demasiado lejos para tocarnos, pero ella vería que lo había intentado.

—Te deseo lo mejor —dije solemnemente, de todo corazón.

Me miró fijamente.

—¿Te has vuelto loca perdida? —repuso bruscamente.

—No. Piensa un momento. ¿Recuerdas lo que dijo el Oráculo? El deseo de una Guardiana es una fuerza poderosa. Para bien y para mal. Deséame lo mejor, Cornelia. Cura al Corazón de Kandrakar.

—*Estás* chiflada.

—No. No lo está —intervino Will de repente—. ¿No lo notas? Estamos enfermas. Estamos rotas. Pero creo que Taranee tiene razón. Podemos curarnos. Si queremos.

—¡Es solo un cristal! No se puede curar a un cristal.

—Tú *sabes* que no es solo un cristal, es...

—Callaos —pidió Hay Lin entre dientes—. Todas. ¡Ya viene!

La Reina entró en la Cámara. Detrás de ella venían Hallud con Peter, aún inconsciente, echado sobre su hombro como si fuera un bulto. La PuraReina sonreía y su sonrisa era dura y peligrosa. El Purofuego giraba y se enroscaba a su alrededor, en su pelo, en su cuello, en sus manos. El siniestro torbellino del pilón pareció girar más deprisa y más frío en su presencia.

—Ahora —dijo reluciendo de emoción—, *ahora* por fin voy a ocupar el lugar que me corresponde. ¡Y tú me lo vas a dar!

Yo no tenía ni idea de lo que hablaba, pero en mi interior algo había empezado a temblar de miedo. Parecía tan poderosa. Parecía *inmensa*. Brillaba con Purofuego, retorciéndose y dando vueltas. Y al mirarla se me revolvió el estómago.

—Traedme a la W.I.T.C.H. del Fuego —ordenó. Hizo un gesto señalándome, y la mayoría de los hilos de Purofuego se disolvieron dejando solo un círculo amenazador alrededor de mi garganta. Hallud dejó caer a Peter al suelo y me agarró del brazo.

—Arrodíllate —siseó.

Yo no quería hacerlo, pero me daba miedo que pudiera pasarle algo a Peter y a todas nosotras si no lo hacía.

Bajó la vista hacia mí.

—Por tu propio bien —dijo—, espero que seas una W.I.T.C.H. muy buena. La tarea que te encomiendo no es para ineptos. Pero si no lo solucionas, ya no me servirás de nada, y tu hermano tampoco. ¿Me he explicado bien?

Asentí atontada. Nos mataría. O dejaría que Hallud nos matara. Él estaba deseándolo.

—¿Qué es lo que quieres que haga? —conseguí decir.

Su sonrisa se hizo más radiante.

—Cuando llegué aquí por primera vez, no había nada. Las rocas, el mar, mi poder y yo. Eso era todo. Me llevó mucho tiempo aprender a atraer las cosas hacia mí, a través del torbellino. Cómo cambiar las cosas y hacer cosas. Todo lo que hay aquí es mío. Incluso estas criaturas —hizo un gesto señalando a los Espines y a Reb—. Hasta ellos son míos. Si no fuera por mí, no existirían.

—*No verdad.*

Fue un susurro de desafío muy pequeño, pero hizo que la Reina se quedara callada. Su sonrisa desapareció.

—¿Hablas, criatura? —preguntó volviendo su mirada reluciente hacia Reb—. ¿Te atreves a hablar en mi presencia?

Reb no la miraba a ella. Me miraba a mí.

—Chica Fuegorreal —respondió con miedo pero con orgullo—. Nosotros no somos suyos.

—¡Si no hubiera sido por mí seguiríais dando saltos, croando y cazando moscas!

—No somos suyos —repitió Reb en voz baja—. Somos nuestro propio pueblo. Tenemos nuestras propias vidas, nuestra propia historia, nuestros propios sueños. Nosotros hicimos esta ciudad tanto como ella. Pero ella tuvo miedo de que nos volviéramos desobedientes y por eso trajo a los Espines, los transformó o los creó, no sé qué fue, y los puso por encima de nosotros. Desde entonces vivimos con miedo. Son fuertes y despiadados, y nosotros somos débiles y cobardes. El valor no llega a nuestra especie fácilmente.

La Reina, enfurecida, lanzó un rayo de Purofuego hacia Reb. Le dio de lleno en mitad del pecho arañado y le lanzó hacia atrás contra la pared de la caverna. Resbaló al suelo y se quedó quieto.

Yo había levantado las manos sin pensarlo. Pero el círculo que giraba alrededor de mi garganta se apretó como un lazo y, por unos momentos, ni siquiera pude respirar.

—Cuidado, pequeña W.I.T.C.H. —siseó la PuraReina—. Soy más fuerte que tú.

Tenía razón. *Era* fuerte. ¿Esta era la hechicera que no tenía más que un toque de magia? No sé cómo lo habría logrado, pero era muy poderosa. Tal vez si yo pasara unos cuantos siglos pensando y acumulando poder, sería igual de fuerte. Pero en ese momento no lo era.

—Si eres tan fuerte —la reté con la voz rota por el lazo que seguía apretándome la garganta—. ¿Para qué me necesitas?

Eso no le gustó. Por un momento, el lazo se apretó aún más y la oscuridad amenazó con aplastarme. Cuando volvieron el aire y la luz estaba a gatas en la arena, al lado de Peter y, en alguna parte, oía a Will que gritaba.

—¡Suéltala, monstruo!

Mientras tanto, la Reina había frenado su ira. La sonrisa fría y reluciente volvía a estar en su sitio.

—Hay algo —contestó—. Algo insignificante que yo no puedo hacer. Yo puedo conseguir que las cosas vengan a mí a través del torbellino. Pero, por mucho que lo he intentado, no he conseguido pasar yo. Esa es tu tarea, pequeña W.I.T.C.H.: hazme volver. Después, tú y tus amigas podréis quedaros aquí y mimar y consentir a las ranas todo lo que queráis.

Se me heló el corazón. Hacerla volver.

¿Mandar a este monstruo malvado y poderoso al mundo que había abandonado hacía tanto tiempo? ¿Al mundo en el que vivían mis padres y todos los que yo conocía, excepto Peter y las cuatro amigas apresadas conmigo en este mundo retorcido sin tiempo? No podía. Aunque hubiera sabido cómo, no podía. No obstante, si no lo hacía... ¿Qué haría con nosotros?

—Yo... necesito a mis amigas —repuse tratando de ganar tiempo—. No puedo hacerlo sola.

—Las tienes. Ahí están.

—No, quiero decir... conmigo. Es necesario que podamos tocarnos.

La Reina pareció dudar, pero al final aceptó. Con un rápido movimiento de su mano, liberó a las demás de la mayoría de sus ataduras dejándoles solo un collar de Purofuego como el mío.

—¿Cómo lo hacemos? —pregunté buscando desesperadamente una respuesta en sus caras, una forma de salir de aquello.

—No podemos —respondió Hay Lin frenéticamente, tratando de que la Reina no la oyera—. No *podemos* consentir que ese..., ese monstruo malvado regrese al mundo.

—Si no lo hacemos, ella... —empezó Cornelia, pero Will la interrumpió.

—Esperad —dijo—. Creo que podemos hacer lo que ella quiere.

—¿¿Quéé?? —me pilló por sorpresa—. ¡Will, no puedes hablar en serio!

—Es nuestra única salida —aseguró con un énfasis peculiar—. ¿Recordáis? Confiad en vuestro corazón. Un antiguo error puede repararse.

Me di cuenta de que repetía las palabras del Oráculo. Y una pequeña luz se encendió en mi mente. Si Will no se equivocaba..., si conseguíamos que el torbellino dejase de ser maléfico y volver a conectarnos con el resto del Universo...

—¿Y si te equivocas? —susurré casi sin atreverme a decirlo.

Will me miró. Seguía pálida, pero parecía estar mucho mejor que en cualquier momento después de que se rompiera el Corazón de Kandrakar.

—Confía en mí —pidió—. Deséame lo mejor. Cura al Corazón de Kandrakar.

Y lo hizo surgir de la palma de su mano.

—¿Qué estáis haciendo? —bramó la Reina

levantando una mano amenazadora—. No intentéis nada o lo lamentaréis.

—¿No quiere volver? —preguntó Will inocentemente—. El Corazón de Kandrakar puede hacerla volver. Es lo único que puede conseguirlo.

La Reina aceptó de mala gana.

—Hacedlo entonces —ordenó—. Ya he esperado bastante.

Will nos miró de una en una.

—Ahora —dijo—. Tú también, Cornelia.

Cornelia dudó un instante.

—Oh, *de acuerdo* —aceptó—. Intentémoslo. Pero no me echéis la culpa si no funciona.

Will sostuvo el Corazón de Kandrakar roto. Daba pena verlo, puse la mano sobre la de Will rápidamente para tapar la grieta. Cuando volvamos a mirarlo, me dije firmemente, estará bonito, reluciente y *entero* otra vez. La mano de Hay Lin se unió a la mía.

—Ahora tú —pidió Irma a Cornelia—. Yo iré la última.

La mano de Cornelia se apoyó sobre la de Hay Lin. Irma la siguió. Todas cerramos los ojos y *deseamos* de todo corazón. Deseé que volviéramos a estar unidas. No quería pelearme y discutir constantemente. Quería que todas estuviéramos bien, quería que todo volviera a estar bien, que todos estuviéramos a salvo, incluidos Reb y Peter.

Al principio no ocurrió nada. Luego empezó un calor suave que salía del cristal hasta nuestras manos. ¿O era al revés? Un calor palpitante, como el latido de un corazón, lento y pausado al principio, luego más fuerte, más rítmico. Nos atravesó a todas, casi era un dolor, pero no. Agua. Fuego. Aire. Tierra. Energía. Tan diferentes. Tan cercanos. Tan *bien*.

La luz blanca inundó la Cámara, ahogando el resplandor verde del Purofuego. Los Espines guardianes lanzaron un grito de asombro y la Reina dio un paso atrás.

—Apartad eso —ordenó—. ¡Apagadlo o haré que la pequeña W.I.T.C.H. de Fuego no vuelva a ver a su hermano!

—Querías volver —repuso Will—. Tu deseo está a punto de hacerse realidad.

El Corazón de Kandrakar estaba entero. Lo veía y lo sentía. Y Will volvía a ser ella misma, fuerte y tenaz cuando hacía falta.

—Ahora —dijo—. Esta vez lo haremos de otra manera. Esta vez lo *desharemos*.

Hizo un gesto con la cabeza señalando al torbellino.

—Taranee, el Purofuego tiene fuego. Cógelo. Irma, también tiene agua. Tú la cogerás. Enderezadlo. Arregladlo.

Will tenía razón. Había fuego dentro de él, entretejido y hecho un lío con el agua. Me horrorizaba tocarlo. Me ponía la piel de gallina. Pero si conseguía que el fuego recordara cómo debe ser el Fuego, limpio, cálido y vigoroso, no esta cosa antinatural verde y turbia... Introduje la mano lentamente en el torbellino, aunque sabía que iba a dolerme. «Ven», llamé al fuego prisionero. «Ven. Te enseñaré a quemar». Me dolía la mano, pero no la retiré. Sentía que Will me daba fuerza, sentía a Hay Lin, y a Cornelia, y a Irma, ocupada en su propia tarea.

El torbellino parpadeó vacilante. Y también lo hicieron las ataduras de Purofuego que nos sujetaban. «Lo estamos consiguiendo», pensé. «¡Lo estamos consiguiendo!» Pequeñas llamas de fuego, de fuego verdadero, me lamieron las manos. Después del Purofuego era como ser tocada por un amigo. En el lado de Irma, empezó a formarse vapor cuando el agua escapó del torbellino.

—¡NO! —gritó la Reina furiosa—. ¡Eso no! ¡Hallud, detenlas!

Pero el enorme guardia Espín se quedó inmóvil, mirando fijamente el fuego que subía por mis brazos. Al final, fue la Reina quien corrió hacia nosotras, chillando como un cuervo. Parecía distinta. Más pequeña. Más débil. Menos poderosa.

Will la agarró de la muñeca.

—¡Ahora! —gritó—. ¡Al torbellino! ¡Todos!

No había tiempo para dudar. «Confía en mí», había dicho Will. Y confié.

Solo tocar el torbellino me había producido dolor. Pero esto estaba más allá del dolor. Blanco. Negro. Verde. Frío abrasador. Calor helado. Fuego, oscuro y viejo fuego atrapado y corrompido. Agua, contaminada y maloliente.

Oí la voz de Will, baja, como si estuviera bastante cerca.

—No luches contra ello. Enséñale cómo liberarse.

Y así fue. Aquel fuego llevaba siglos atrapado. *Quería* quemar de nuevo. Le mostré cómo hacerlo. Y aquel mundo estalló.

Silencio. Al otro lado de mis párpados cerrados había luz. Flotaba lentamente, sin tocar nada. Podía haber permanecido siglos así, saboreando la paz, el *bienestar.*

Taranee.

Abrí los ojos a regañadientes. Una sala enorme, llena de columnas. Un espacio tan inmenso que parecía casi infinito. Y en el centro, el Oráculo. Sonreía.

Bienvenida. Sé bienvenida.

—Gracias —murmuré, preguntándome si habría una forma educada de preguntar si aún seguía viva. Luego vi a las demás. Will, Irma, Cornelia y Hay Lin. La Reina. Y Peter, aún inconsciente pero ahí.

La Reina ya no parecía majestuosa. Había desaparecido cualquier rastro de Purofuego. En lugar de su túnica brillante llevaba un sencillo vestido de lino, remendado y no muy limpio. Tenía el pelo fino y despeinado, y aunque su cara no tenía arrugas, su piel parecía sin vida, como de papel. Pero lo más sorprendente era su poder, o mejor dicho, el hecho de que ya no lo tuviera. Y el resplandor había desaparecido. Lo que quedaba era..., ¿qué había dicho el Oráculo? Una joven con un toque de magia.

Miré a Will.

—¿Lo sabías? —pregunté—. ¿Sabías que si la traíamos de nuevo al mundo auténtico perdería sus poderes?

Will sonrió ligeramente.

—Esperaba que así fuera. Confié en mi corazón, como nos dijo el Oráculo.

Habéis hecho bien. Sois unas dignas Guardianas de Kandrakar.

—Gracias —repetí de nuevo inclinando la cabeza ligeramente—. ¿Eeee..., está todo bien..., ya?

Lo que estaba prisionero ha sido liberado. Lo que era malvado se ha arreglado. La hechicera se enfrentará al juicio de la Congregación y vosotras podéis volver a vuestro mundo con tu hermano.

Me invadió una sensación de alivio. Pero después me asaltó otro temor.

—¿Qué ha pasado con Reb? ¿Qué le ha ocurrido a su gente? ¿Y a los Espines?

El destino de cualquier mundo pertenece a su gente.

—¿Puede verlos ahora? Se puede..., ¿puedo ir allí?

Yo los veo. Su mundo vuelve a formar parte de mi infinito. Pero ya no existe ninguna puerta entre tu mundo y el de ellos.

—¿Puedo, al menos..., despedirme? Ni siquiera sé si está bien. Se dio un golpe tremendo contra la pared.

Bien. Pero no tardes mucho.

Fuegorreal

Donde estuvo el torbellino, ahora había un suave suelo de arena. No había ningún pilón. Ningún camino entre nuestro mundo y el de ellos. Tampoco estaba Reb, ni los Espines.

Lo encontré fuera, sentado en una piedra y mirando el amanecer. Parecía cansado y aún tenía algún rasguño, pero estaba bien.

—¿Quemaste a la Reina? —preguntó.

—Eee..., no exactamente. Pero se ha ido. No volverá a molestaros.

Asintió y lanzó un suspiro contenido. Luego frunció el ceño.

—Pero los Espines siguen estando aquí.

—Este también es su mundo. Ahora tendréis que llegar a algún acuerdo.

—Hummm —parecía inseguro.

—Reb, he..., he venido a despedirme.

Me miró de reojo.

—Chica no puede ir —dijo—. Necesitarte.

Negué con la cabeza tristemente.

—No puedo quedarme. Este no es mi mundo. Y tengo que volver a casa.

Reb parecía preocupado.

—Pero chica es la única que puede hacer la magia. Lo necesitamos. Necesitamos el Fuegorreal. A los Espines les asusta. Con el Fuegorreal nos dejarán en paz. Y ahora no tenemos Purofuego, para tener luz y para calentarnos.

¿Por qué acabo sintiéndome culpable de todo? Casi deseé no haber ido. Habría sido más fácil desaparecer sin más. Cerré los ojos a la cálida luz del sol.

Y entonces se me ocurrió una idea brillante.

—¿Quién ha dicho que yo soy la única que puede hacer la magia? —pregunté—. Reb, dame unos cuantos juncos de esos, secos por favor. Y coge esto.

Me quité las gafas y se las tendí.

—Mira, sujétalas así..., ¿lo ves? Ese rayito de sol, mantenlo quieto sobre los juncos. Y espera.

Tardó un poco. Quizá un poco más de lo

que habría tardado en casa. Pero al final, los juncos empezaron a ennegrecerse. Y de repente, saltó una pequeña llama.

Reb se puso en pie de un salto dando un grito.

—¡Mira! ¡He hecho Fuegorreal! ¡Mira!

—Sí. Lo has hecho —admití con una sonrisa.

—Ahora los Espines no se atreverán a meterse con Reb, oh, no. Reb puede hacer Fuegorreal como chica —de repente dejó de dar saltos—. Pero los cristales Fuegorreal son tuyos —dudó.

—Quédatelos —le ofrecí. Mi madre va a regañarme, pero eso será cuando se le pase la alegría de volver a tener a Peter en casa. Y hablando de eso...

—Ahora tengo que irme —dije levantándome. Le di un abrazo con mucho cuidado. Él se agarró a mí.

—No quiero que te vayas —dijo.

—Ya tienes el Fuegorreal.

—Lo sé. Pero no quiero que te vayas.

Al final me soltó y me dejó bajar las escaleras. Cuando estuve segura de que no me oía, me aclaré la garganta.

—Eeee…, ahora ya puedo volver a casa —dije al aire vacío.

El resto está todo borroso, literalmente. No veo muy bien sin las gafas. El Oráculo me llevó con las demás y luego nos devolvió a todos a la Isla del Corazón Partido.

Buen viaje, Guardianas. Sed fieles al Corazón de Kandrakar.

En el bote, de vuelta a Pleasance, Peter empezó a despertar. Parecía terriblemente confundido.

—¿Taranee? —dijo—. ¿Hermanita? ¿Dónde estoy?

—De vuelta a casa —respondí.

—Mi cabeza —gimió—. ¿Qué ha pasado?

—Un accidente haciendo *windsurf*.

—Pero tú…, pero cómo…

—Shhhh —susurré—. Creo que te diste un golpe en la cabeza o algo así. Es mejor que no hables.

—He tenido unos sueños rarísimos…, tan reales. Creo que estabas tú. Y… y *ranas,* ¡qué cosas! Era de lo más extraño.

—Los sueños suelen ser raros.

Trató de sonreír débilmente.

—Me está bien empleado, ¿verdad? Por darte plantón la otra noche.

—*No* —le interrumpí bruscamente—. No te lo merecías. Nunca te deseé nada malo. Nunca.

Parecía sorprendido.

—Tranquila, niña. No creo que lo hicieras.

—Bien —repuse tratando de contener unas lágrimas tontas—. Porque no lo hice. Te quiero y no quiero volver a perderte *nunca.*

—¡Guao! —exclamó—. ¿A qué se debe esto? —luego se ablandó—. Yo también te quiero, hermanita. Y la semana que viene iremos juntos a ver a los Halcones. Te lo prometo.

Volvió a cerrar los ojos y estuvo durmiendo durante el resto del viaje a Pleasance. Yo agarraba su mano, tan feliz de que estuviera de vuelta que me dolía el pecho. Will me lanzó una sonrisa, ligeramente teñida de envidia. No envidia de la mala, de esa de «No-quiero-que-tú-tengas-eso». Era más del tipo «Ojalá-tuviera-yo-algo-así-también».

—Nos tienes a nosotras —dije en voz baja para no molestar a Hay Lin y a Irma, que estaban entretenidas llevando el bote, ni a Cornelia, que estaba muy ocupada con su mareo—. Tienes a las W.I.T.C.H.

—Sí, es cierto —admitió.

Peter y yo fuimos a ver a los Halcones. En tren. Seb Caine jugó de pena y los Halcones perdieron. Bueno, no se puede tener todo.

Y, por supuesto, mi madre me regañó por «perder» las gafas.

—No sé cómo lo haces —dijo—. Son las segundas gafas este año. Las gafas cuestan dinero, ¿sabes? ¿Estás segura de que no sabes dónde las dejaste?

—Estoy completamente segura —respondí.

No suelo mentir a mi madre, pero es que ¡hay cosas que no hay modo de explicar!

Índice

Descubre las aventuras que viven las

W.I.T.C.H.

¡contadas por ellas mismas!

Will en «El corazón de la Salamandra»

Irma en «El poder de la música»

Taranee en «La isla del corazón partido»

Cornelia en «Magia verde»

Hay Lin en «La cruel Emperatriz»